夢をかなえるゾウ2

ガネーシャと貧乏神

水野敬也

文響社

挿画　矢野信一郎
装丁　池田進吾（next door design）

「お前、サラリーマンに戻った方がいいんじゃねえの？」

酒癖（さけぐせ）が悪いことで有名なこの先輩芸人は、酔うといつも僕のような売れていないお笑い芸人を正座させて説教をする。普通の会社員であればパワハラなんて言われかねないけれど、この世界では日常茶飯事だ。そしてこの日、先輩はいつも以上に酔っぱらっていた。

「お前、年いくつ？」

僕はこの人より年上だったが、会社勤めをしていたぶん事務所に入るのが遅かったので後輩にあたる。僕はメモを取る手を止めて答えた。

「今年で三十四になります」

「何年目？」

「で、今どのライブ出てるんだっけ？」

「八年目です」

「『たけのこ』です」

すると先輩は、手に持っていたグラスをテーブルの上に置いて笑い出した。

「お前、八年やってまだ新人発掘ライブ出てるって、お前の才能どんだけ地中深くに埋まっちゃってるわけ？　お前の才能『徳川埋蔵金』？」

そこで一斉に笑いが上がった。他の若手芸人たちだ。バカにされているのは分かっていたが、引きつりながら笑顔を浮かべた。すると、

「何笑ってんだよ」

と頭をはたかれた。それから、

「何笑ってんだよ！」

今度は強くはたかれて黒縁の眼鏡がズリ落ちた。眼鏡をかけ直そうとすると、

「だからお前はセンスねーんだよ。そのままにしといた方がおもしれーだろ」

そう言われてあわてて手を止めた。

先輩はタバコに火をつけ、ゆっくりと吸いこんでから煙を吐き出した。

「迷惑なんだよな。お前みたいなセンスないやつにお笑いやられると。俺たちだけ

じゃなくてさ、客が一番迷惑だよ」

うつむいたままじっと我慢していると、

「おい、聞いてんのか、お前」

また頭を小突かれた。

「せっかく大学まで出てるんだからさ。サラリーマン戻った方がいいって、マジで」

そう言って何度も頭を小突いてくる。たまらなくなって僕は答えた。

「……好きなんです」

「あ?」

「お笑い、好きなんです」

すると先輩は鼻で笑った。

「好きだったらいいのか? 好きなことだったら何でもやっていいのかよ」

そして先輩は言った。

「お笑いが好きなんだったらな、家でお笑い番組見て笑ってろ!」

*

「続きまして、おでん芸人・西野勤太郎(きんたろう)!」

僕の名前を呼ぶマイクの声が響き渡り、暗転したステージに出囃子(でばやし)が流れ始めた。

でも、舞台袖(そで)にいた僕には、その音楽がどこか遠くの方で鳴っているように聞こえた。

(僕は、このままお笑いを続けていていいのだろうか……)

ウチの事務所では『たけのこ爆笑ライブ』と『ネクストステージライブ』の二つのお笑いライブを運営している。そして、僕の先輩や同期たちは『たけのこ爆笑ライブ』で優勝して『ネクストステージ』へ進むか、そうでない場合はすでに事務所を去っていた。

(悔(くや)しいけど、あの人の言っていたことは間違っていない。僕がどれだけ笑いが好きでも、お客さんが楽しんでくれなければ意味がないんだ)

三十人程度のお客さんしか入ることのできない小さなライブハウスのステージだった。舞台袖から数歩進めば立つことができるその場所が、いつもより遠く感じる。

「西野さん」

突然声をかけられたのでびくっとして振り向いた。次の出番を控えた後輩のピン芸人、ガツン松田が笑顔でこちらを見ていた。

「今日は優勝狙えるんじゃないですか。ガツンと笑いとっちゃってくださいよ、ガツンと」

僕をリラックスさせてくれようとしたのだろう、二回目の「ガツン」のところで松田は得意の動きであるマッチョのポーズを作った。

ガツン松田は、事務所の若手の中では一番実力のある芸人だ。その上、礼儀正しいやつで何かと年上の僕を立ててくれる。また、お互いピン芸人ということもあって、たまに飲みに行ってはお笑いの議論を交わす間柄だった。

松田の激励の言葉に、僕は思わず顔をほころばせて答えた。

「今日は必ず優勝してみせるよ」

――前回のお客さん投票ではかなり上位に食い込んでいた。

あと一歩。

あと一歩前に進むことができれば、僕はネクストステージに立つことができる。

(悩んでいても仕方がない。今は、目の前のお客さんを笑わせることだけに集中す

るんだ）

自分の頬を軽く叩いた。頭に巻いた白いハチマキを結び直して気合いを入れる。

（よし、行くぞ）

勢いよく飛び出した僕を、スポットライトの強い光が出迎えた。

そして僕は、舞台中央にセットされた鍋の中からチクワの模型を取り出し、高々と掲げて叫んだ。


「どうも、みなさん！　こんにチクワ！」


会場は完全に静まり返った。

――予想どおりだ。

このツカミのネタ「こんにチクワ」は滑るためのギャグなのだ。典型的なダジャレで会場を静まらせておいてから、

「こんなネタ使えるかぁ！」

と右手にある青のポリバケツに叩きつける――これがいつものパターンだった。

ちなみにこのネタは、おでん屋台の大将に扮した僕がお客さんに向かっておでん

のネタ（具材）を使ったギャグを言って、ウケたら「これは使えそうだな」とメニューに加え、滑ったら「こんなネタ、使えるか！」で笑いを取るという内容なのだ。

そして、この日も、いつもどおり手に持ったチクワをポリバケツに投げ入れようとした、そのときだった。

突然、
ぎゃはははははぁ！

会場から大爆笑が起きたのだ。

（なんだ、なんだ⁉）

あわてて顔を向けると、客席の一番前に座っている男が爆笑していた。

四十代後半くらいだろうか。その中年のおじさんは、なぜか胸に赤ん坊を抱えたまま、

「『こんにチクワ』て！　『こんにチクワ』てぇ！」

僕のギャグを何度も繰り返しながら身をよじって笑っていた。

どうして――。どうしてウケてるんだ――？

僕は、両手に「つみれ」を持ちながら震えていた。

本来であれば次のネタは、

「お前たち、笑わないつみれ（罪で）逮捕だ！」

だった。

しかし一人だけ爆笑しているという奇妙な状況ゆえに「つみれ」は使えない。

（ど、どのネタにすればいい⁉）

焦（あせ）りながら鍋の中をのぞきこむ。卵を見つけた。ここは卵を二つ手に持って、

「卵卵（たまたま）ウケちゃいました」

か⁉

いや、客席全員がウケていれば使えるけど、今、笑っているのはたった一人だ。

だとすれば、ここは上着を脱いで、

「今日は暑いな。ウィンナー（インナー）着すぎたかな」

でいくか⁉

いやこれはウケないネタを必死にやったあとで、汗をかきながら言うネタだ。

（ああ、どうすればいい？　どうすればいいんだ⁉）

額にはみるみるうちに脂汗が溜（た）まっていった。首筋が熱くなり、耳の奥ではキーンという機械音が鳴り始める。僕がパニックになると決まって出てくる症状だった。

（も、もう。これしかない！）

何も考えられなくなった僕は、おもむろに鍋の中の大根を持ち上げて叫んだ。

「ネ、ネタが飛んじゃって、大根（大混）乱してます！」

――完全に静まり返った客席には、おじさんの、

「ぎゃははは！」

という笑い声だけが響き渡っていた。

＊

「西野さん、ツイてなかったっすね」

僕と入れ替わりで舞台に向かうガッツン松田から声をかけられた。

――結局、舞台上で頭が真っ白になってしまった僕は、台詞（せりふ）を噛（か）んだりネタを飛ばしたりして、しかも途中からおじさんの抱いていた赤ちゃんが泣き出すというハプニングもあり、自らの言葉どおり大混乱のままネタを終えることになった。

僕は苦笑いをして「最悪だよ」とつぶやいたが、客席のおじさんに腹を立てる気

にはなれなかった。むしろ僕を支配していたのは、不安だった。

もし僕がセンスのある芸人だったらこんな結果になっていただろうか。笑いのセンスさえあれば、あのおじさんの笑い声や赤ん坊の泣き声もうまく拾って笑いに変えることができたんじゃないか。

そして、今回のような失態は、初めての経験じゃなかった。

僕は、ネタの途中に予測できないことが起きたり、ここ一番の舞台に立ったりすると、パニック状態に陥(おちい)ってしまうことがよくあった。それは、僕が『ネクストステージ』に進めない大きな理由の一つだった。

(やはり、僕にはお笑いの才能がないんだ――)

肩を落として控室に戻ろうとしたとき、ガツン松田の舞台では早くもお客さんの爆笑する声が響き始めていた。

ライブハウスを出ると、冷たい風が僕の体を叩くように吹き抜けていった。九月も半ばを過ぎると、街路樹が少しずつ葉を落とし始めている。

僕は、芸人を目指し始めてからずっと通い続けてきたライブハウスのビルを振り返った。

――「運動神経のある人」や「カッコイイ人」じゃなかった僕は、それでも、好きになった女の子に振り向いてもらったり、友達から「西野はすごいやつだ」と言われたりしたかった。

だから、授業中はいつもクラスメイトを笑わせることだけを考えていたし、誰もやらないような変なことをできるだけ率先してやるようにした。

「面白い人」だったら、努力次第でなれるかもしれないと思ったのだ。

大学時代、僕が所属していたアナウンス研究会は、大学のミスターキャンパスを決めるというお笑いイベントを主催していた。そして大学三年のとき、僕がそのイベントの司会を任されることになった。

文化祭というお祭りの空気のせいもあっただろうけど、このイベントは大いに盛り上がった。僕は、自分が司会者だということも忘れて舞台上を自由に駆け回った。そして僕がマイクに向かって叫んだり大きなリアクションを取ったりするたびに、会場はドン！　という笑いに包まれた。それは、これまでの人生で経験したことのないような快感だった。

もし、舞台に立ち人前でしゃべりながら生きていけたらどんなに素晴らしい人生だろう――。その日の夜、僕は興奮のあまり眠れなかった。

でも、その年の暮れあたりから、僕は周囲の大学生と同じように就職活動を始めた。

まず最初にアナウンサーの面接から始まり、テレビ局の総合職、さらにメーカーへと面接は続いていった。

お笑い芸人に挑戦してみたいという気持ちはあったけど、

(新卒のこの時期を逃したら普通に就職することはできなくなるんだぞ。それに、就職してからだって芸人はできるんだ)

そんな心の声に夢への思いはかき消され、僕は就職活動を続けていった。

でも、本当は気づいていた。

僕は、単に、何の保証もない芸人の道に進むのが、怖かったんだ。

こうして僕は中堅メーカーに就職を決め、営業職として働き始めた。

営業の仕事は僕に合っていたと思う。可愛がってくれるお客さんもたくさんいたし、成績も悪くない方だった。

でも、会社で働き始めて一年が経ち、二年が経つと、心に変化が起きた。

今度は、会社に行くのが、怖くなってきたのだ。

このまま毎朝同じ電車に揺られ、同じ作業を繰り返して一生を過ごしていくのだろうか。僕の名前は誰にも知られず、何者にもなれないまま、この世界から消えていくのだろうか。

そんな思いがいつも頭の中をぐるぐると回り始め、朝起きるのが苦痛になり、夜、悪夢にうなされて飛び起きることもあった。

会社に勤めてみて分かったことがある。

それは、人間にとって一番怖いのは、将来が見えないことじゃなくて、将来が見えてしまうことなんだ。

僕は、勇気を振り絞った。いつもの、笑いを取ろうとするときのちょっとしたやつじゃない。僕の中にあるありったけの勇気をかき集めて、会社を辞めた。

それから僕は芸能事務所のネタ見せに参加するようになり、会社勤めしていたころよりもはるかに安い給料のアルバイトで食いつなぎながら、メモ帳を肌身離さず持ち歩いてネタを書いた。優秀な芸人のライブを見て研究したり、視聴率の高いバラエティ番組は全部録画して笑いのパターンを分析した。少しでもボキャブラリーを増やすために『たとえ言葉辞典』や『擬音語辞典』を暗記した。

もちろん努力は必ず報われるわけじゃない。僕より若い連中が僕より大きな笑いを取るのを見て、何度も挫折しそうになった。

　それでも、

「成功する最大の秘訣は、成功するまであきらめないことだ」

「努力に勝る才能はない」

「夢は必ずかなう」

　昔の偉い人たちが残した言葉を思い出しては自分を奮い立たせ、今日までお笑い芸人を続けてきた。

（でも――）

　顔を上げると、ライブハウスの出口にお客さんたちが集まっているのが見えた。目当ての芸人たちが出てくるのを待っているのだろう。いつものことだけど、あの中に、僕のことを待っているお客さんはいない。

（僕は――本当に、お笑いを続けていていいのだろうか）

　押し殺してきた不安が、まるで地盤を突き破った湧水のように、とめどなくあふれ出してきた。

　たくさんの人を笑わせたい。笑顔にしたい。

　その気持ちは、誰にも負けない自信がある。

　でも僕がどれだけお笑いが好きだったとしても、お笑いが僕のことを好きじゃなかったらそのときは――。

「ワシとコンビ組まへん？」

突然、背後から声をかけられた僕はびっくりして振り向いた。

「あ……」

そこに立っていた人が誰なのかすぐに分かった。胸に赤ん坊を抱いていたからだ。

おじさんは、なれなれしく僕の肩に手を置くと言った。

「いやあさっきの舞台見せてもろたけど、自分ほんま天才やな。こんなに才能あるやつ見たのチャップリンくん以来やで。いや、正直言うてチャップリンくん超えてるわ。チャップリンくんをプッチンプリンにたとえるなら、自分はプッチンプリンをプッチンする側の人間やね」

（何を言っているのか全然分からない――）

意味不明の言葉に混乱していると、

「分かるで」

とおじさんは勝手に一人で納得するように言った。

「自分、あれやろ？　ワシのお笑い能力が未知数やから簡単にコンビ組めへんちゅうことやろ？」

それからおじさんはズボンのポケットから四つ折りにされた紙を取り出した。

「読んでみ」

僕は戸惑いながらたずねた。

「こ、これは何ですか？」

するとおじさんはニヤリと笑って言った。

「ワシの書いたネタやがな」

そして手に持った紙を自信満々に突き出してきた。

「自分、笑いすぎて内臓おかしなるで」

僕はおそるおそる紙を受け取ると、おじさんの顔と紙を交互に確認するように見ながらゆっくりと開いた。

コント　医者と患者

患者「先生、本当のことを教えてください！　私の病気は何なんですか？」
医者「……」
患者「お願いします、先生。私は、本当のことが知りたいんです！」
医者「……分からへんねん」
患者「え？」
医者「レントゲン撮っても、MRI検査しても、自分が何の病気か分からへんねん」
患者「そんな……」
医者「もっと言うと、ワシはレントゲンの見方が分からへんねん」
患者「はい？」
医者「ワシ、最近までレントゲンのこと『レンとゲン』や思うてたからね。『グリとグラ』みたいなね」
患者「……」
医者「MRIに関しては『M（もっと）R（楽に）I（逝きたいねん）』の略や

　　思てたから」
患者「あ、あなたそれでも医者ですか!?」
医者「医者やで。ただ、医者は医者でもガネ医者(ーシャ)ですけど！」
二人で「はい、オーマイゴッド！（決めポーズ）」

ネタを読み終えた僕は、口を開けて呆然(ぼうぜん)とするしかなかった。

（な、なんなんだこの奇妙なネタは――。しかも最後の「ガネ医者ですけど！」のオチは意味がまったく分からないぞ――）

そんな僕の様子を見たおじさんは、

「なんで？　なんでウケてへんの――？」

僕と同じように口を開いて呆然としていたが、突然「はっ」と目を見開いて言った。

「――嫉妬(しっと)か！　自分、このネタがおもろすぎるあまり嫉妬して言葉を失うてもうてるんやな！」

そしてフッと笑ったおじさんは、今までよりもさらになれなれしく肩を叩いてきた。

「安心せえ。確かにこのネタの面白さは尋常やないで。もはや神の領域と言えるやろ。でもな、それはある意味しゃあないことでもあるんやで」

そしておじさんは周囲をきょろきょろと見回したあと、手を口に添えてささやくように言った。

「実はワシ、神様やねん」

「ええ？」

僕は驚いておじさんの顔を見た。おじさんは得意げな表情で言った。

「よう自分ら『笑いの神様』とか言うやん？　あれ――ワシのことやねん」

そしておじさんは両手を高々と空に掲げた。

「つまり、今、まさに自分の目の前に笑いの神様が降りてきてんねんで！」

おじさんは僕の脇腹を肘でつつきながら言った。

「自分ほんまラッキーやな。これどれくらいラッキーかちゅうと、そうやなぁ、たとえば駄菓子屋でアイス買うたとするやん？　そしたら当たりが出て、その当たりでもう一本アイスもろたら、それも当たりやねん。それで新しいアイスもろたらそれも当たりで、もうそのまま当たり続けて駄菓子屋にあるアイス全部食べてもうたんやけど、奇跡的にお腹壊せへんかった、くらいラッキーやで」

僕は確信した。

(この人は頭のおかしい人だ)

これ以上おじさんに関わることを恐れた僕は、適当なことを言ってこの場を去ることにした。

「すみません、実は僕、……お笑い辞めようと思ってて」

「んぁ⁉」

目を丸くするおじさんに向かって僕は一息に言った。

「あの、色々ホメてもらえてうれしかったですけど、僕、あんまり才能ないっていうか。八年間やってもまだ、たけのこライブなんですよね。だからコンビを組んでも迷惑かけるだけっていうか……すみません」

するとおじさんは、ほっとした顔をして、

「なんや、そんなことか」

と笑い出した。

「そんなもん、時代が自分に追いついてへんだけやがな。正直、今日来てた客の笑いのレベル低すぎやで。誰一人として『こんにチクワ』の秀逸さ理解できてへんかったやん」

（いや、それはむしろあなたのレベルが低すぎなんじゃ――）

「あ！」

突然おじさんが叫んだ。

「ちゅうか、自分お笑い辞めるんやったら『こんにチクワ』もろてええ？」

僕は一瞬ためらったものの、鞄からチクワの模型を取り出して「どうぞ使ってください」とおじさんに手渡した。今まで使ってきた小道具を、こんな簡単にあげてしまえる自分が悲しかった。

チクワの模型を手にしたおじさんは、「よっしゃー！」と子どものように喜び、「こんにチクワー！」と叫びながら右手のチクワを何度も宙に掲げた。

そのひたむきな姿を見ていたら、少しは乗ってあげないとかわいそうな気がして、「それでは、さよオナラ」

と言ってプッと屁をこいてやった（ちなみに、僕にはいつでもどこでもオナラができるという特技がある）。

するとおじさんは
ぐわはははははぁ！

と元の顔が分からなくなるくらい口を開けて爆笑した。

「アカン！　それ、ワシのツボやで！　自分、どんだけワシのツボおさえてんねん！」

そしておじさんはギャハハハハ！　ゲヒャヒャヒャヒャ！　ギョホホホホ！　ゲギャハハ！　ゲギャッ、ゲホッ、ゲホホッ……

最後の方は笑いすぎてむせていた。

「だ、大丈夫ですか？」

僕が心配しておじさんの背中をさすると、涙目になったおじさんはゲホッ、ゲホッとむせながらつぶやいた。

「に、二十四年や」

「二十四年？」

おじさんは、はぁはぁと息を整えながら言った。

「アメリカンコメディの帝王、レスリー・ニールセンくんな、彼は三十歳でデビューしたんやけどコメディアンとしての才能が開花したんは五四歳のときやったんや。『裸の銃（ガン）を持つ男』で世界中に知られるようになったときは、六二歳になっとってんで」

僕は、ため息と一緒に言葉を吐き出した。

「……でも、それは彼がもともと才能のある人だったからじゃないですか」

おじさんは、笑いすぎて目に溜まった涙をぬぐいながら言った。

「でも、天才のアインシュタインくんはこう言うてるで。『私は天才じゃない。ただ、人より長く一つのことと付き合っていただけだ』てな」

――おじさんの、僕を励まそうとしてくれる気持ちはうれしかった。

でも申し訳ないけど、それはよく耳にする言葉だ。ダーウィンも、ミケランジェロも、村上春樹も言っていた。「自分は天才じゃない。努力しただけだ」。そしてこの八年間、僕は夢に挫折しそうになるたびに、その言葉を自分に言い聞かせてきた。

でも、僕はもう――。

僕はおじさんに向かって言った。

「『頑張れば夢がかなう』っていうのは、夢をかなえることができた人の言葉じゃないですか。でも、夢をかなえられなかった人は――仮に、その人がどれだけ血のにじむような努力をしていたとしても――その人の言葉は歴史には残りません。だから、僕たちが知らないだけで、すごく頑張ったのに夢をかなえられなかった人はたくさんいるんじゃないでしょうか。むしろ世の中にいるのは、そんな人たちばかりなんじゃないですか。それが——現実なんじゃないですか？」

するとおじさんは優しい目をこちらに向けて言った。

「自分はなんか大きな勘違いしとるみたいやなあ」

「え？」

おじさんはしばらく僕の顔をみつめると、うなずきながら言った。

「確かに世の中には才能のあるやつはおるで。誰からも教えられてへんのに、おもろいことが言えるやつがおる。たいして練習せえへんのに運動できるやつがおる。歌がうまいやつもおる。生まれつき顔やスタイルのええやつもおるし、計算の速いやつもおる。頑張んのが得意なやつもおる。打たれ強いやつもおる。ワシはな、そのことを否定するつもりはあれへん。ただな……」

そしておじさんは顔を上げて言った。

「人間は、成長する生き物なんやで」

そしておじさんは夜空を眺めた。そのときのおじさんの目は、夜空ではなくもっと遠くて深い場所を見ているようでもあった。

「人間はな、この地球に生まれたときは『こんなんでほんまにやってけんのか？』て見てて心配になるくらい無力な存在やったんや。ライオンみたいな牙もあれへん。鳥みたいに空を飛べるわけでもないし、シカやサイみたいに自分を守る角もあれへん。それこそ自分の言う『才能』をな、まったく持ってへん状態で生まれたんや」

そしておじさんは大きくうなずいた。

「せやけど、人間は『成長』したんやなぁ。二本足で立てるようになって、道具作れるようになって、火や言葉を使いこなせるようになった。人間を、他の動物らと決定的に違う存在たらしめたんは――『成長』や」

そしておじさんは、胸に抱えた赤ん坊を見つめながら言った。

「人間の赤ちゃんが、なんでこんなに何もでけへん状態で生まれてくるか知ってるか？」

「それは……」

僕は答えた。

「どんな環境にも適応できるようになるためだと聞いたことがあります」

「そうや」

そしておじさんは赤ちゃんを揺らしながら言った。

「赤ちゃんはな、最初は何もでけへんからこそ、どんな存在にもなれるし、どこまででも成長していくことができる。何もでけへんから、可能性は無限大なんや」

そしておじさんは、突然「ほれ」と赤ん坊を僕に手渡してきた。

僕は落としてしまわないように緊張しながら赤ん坊を腕の中に包みこんだ。ずしりとした重みがある。

赤ん坊は黒い大きな瞳でじっと僕を見つめていた。

しゃべれない。立つこともできない。誰かの助けを借りなければ生きていくことができない、本当に無力な存在。こんなに小さくて何もできない状態から、僕は立つことができるようになり、たくさん転んで、立ちあがって、色々なことを学んで成長して――今の僕になったんだ。

「奇跡やろ」

おじさんは言った。

「今、自分は『夢をかなえるなんて、奇跡でも起きない限り無理だ』て思てるかもしれへん。でもな、自分はもう奇跡を起こしてるんやで。そんでその奇跡はな、『成長する』ちゅうことをあきらめへんかぎり、何べんでも起こせるんや」

おじさんの言葉を聞いていると、込み上げる熱いものを我慢することができなかった。

「うっ……くっ」

赤ん坊を抱いている僕は、そのまま肩を揺らして泣き続けた。すると、僕の顔を見ていた赤ん坊が、きゃははと笑い始めた。

「お、ウケてるやん」

おじさんが笑い出した。僕も、つられて笑った。まるで僕が赤ん坊にあやされているみたいだ。

赤ん坊をそっとおじさんの胸に返して、曇った眼鏡を服の裾でふいていると、

「ガネーシャや」

おじさんは言った。

「ワシの名前、ガネーシャ言うねん」

「ガネーシャ……」

芸名――なのだろうか。不思議な名前だけどどこかで聞いたことのあるような、懐かしい感じのする響きでもあった。ガネーシャは言った。

「道具を作って、火を使て、それでも勝てへん相手がおったとき、人間はどうしたか知ってるか?」

そしてガネーシャはウィンクをした。

「『ピン』でだめなら、『コンビ』やん？」


ガネーシャから差し出されたごつごつとした手は本当に温かそうで――気づいたときには、僕は自分の右手をガネーシャに向かって差し出していた。

しかし、ガネーシャの右手を掴(つか)んだとき、身体に電流が流れるような痺(しび)れが走り、僕は思わず手をひっこめた。ガネーシャは言った。

「これで契約成立やな」

「け、契約？」

違和感のある言葉に眉(まゆ)をひそめると、ガネーシャは手を振って言った。

「ええねんええねん。それはこっちの話や。そんなことより、コンビ結成の祝杯あげようや。今夜は飲むでぇ！」

そしてガネーシャは僕の肩に手を回して、意気揚々と歩き始めた。

ガネーシャの「契約」という言葉は頭の片隅に引っ掛(か)かっていたけど、ガネーシャと並んで歩いているうちにそんなことはどうでもよくなっていった。

もうすっかり暗くなった西新宿の街には、街灯やお店の看板の明かりが輝いている。

（こんなに明るい街だったんだ……）

見慣れた景色のはずなのに、今までとは違う光景がそこには広がっていた。

そのとき僕は思った。

希望というのは、消えたり現れたりするものじゃなくて、この街のネオンのように、いつもそこで光っていて、自分さえその気になればいつでも見つけられるものなのかもしれない。

そんなことを考えながら隣を歩くガネーシャを見ると、僕は、この人とならは今とは違う場所に行くことができる気がして、期待に胸が高鳴るのを感じた。

――そして、あくる日の朝。

僕は、ガネーシャという存在に対して「完全なる勘違い」をしていたことを思い知らされるはめになった。

夢をかなえるゾウ 2

ガネーシャと貧乏神

1

「ん……」

目を覚ましたとき、自宅アパートの布団の上だった。

身体を起こそうとすると、頭に鈍い痛みが走った。昨夜はガネーシャと盛り上がって相当飲んでしまったようだ。

(とりあえず水を……)

そう思って周りを見回した僕は「おわぁ！」と声を上げて飛び起きた。

目の前に、見知らぬ人が座っていたのだ。あわてて眼鏡を探してかけると、そこにいたのは女の人だった。長い前髪が顔にかかっていて不気味な雰囲気だ。

「お水……飲みますか？」

女の人から差し出されたグラスを、僕は戸惑いながら受け取った。

(だ、誰なんだ……？)

どこかで会ったような気がしないでもないが、頭がズキズキと痛むだけで思い出せない。

「あ、あの、どなたでしたっけ」

僕がたずねると、女の人は小さく弱々しい声で言った。

「金無幸子と申します」

「カメナシさん？」

「いえ、金無です」

（カネナシ……変わった名前だな）

しかし金無さんが変わっていたのは名前だけではなかった。よくよく見てみると、黒くて長い髪はとぐろのように首に巻きつけられており、着ているワンピースはつぎはぎだらけで、胸元には大きく「ＣＰ」と書かれてある。

（一体何者なんだ――）

戸惑いの目を向けながらたずねた。

「ガネーシャさんの、お友達の人？」

金無さんは小さくうなずいて言った。

「はい、まあ、友達というか、同じジャンルと言いますか……」

「同じジャンルって？」

しかし、この問いかけに金無さんは何も答えなかった。お互いに黙っているのも気まずいので、僕は口を開いた。

「そういえば、ガネーシャさんは？」

「確か、赤ちゃんを返しに行くとおっしゃっていましたけど」

「赤ちゃん？」

そのとき、僕はガネーシャが抱いていた赤ちゃんのことを思い出した。

確かに昨日、お酒を飲みながら自分の子どもじゃないみたいなことを言っていた気もする……。

また頭がズキズキと痛み出してきた。まだ一口も水を飲んでいないことに気づいた僕は、グラスを口に運んだ。でも、金無さんの言葉で水を喉に詰まらせそうになった。

「実は私……西野さんのこと、前から知ってるんです」

「ええ？」

「西野さんがお笑いを始められたときから、ずっとそばで見てました」

そう言うと、金無さんは恥ずかしそうにうつむいた。

（どういうことなんだ？）

口に含んだ水を、なんとか喉の奥に流し込みながら、過去の記憶をさぐる。

(でも……僕にはファンらしいファンの子なんていなかったし……それにこんなに特徴のある人なら絶対忘れないはずだ)

でも、と僕は思った。もしかしたらすごい照れ屋で、いつもライブ会場の片隅で僕を見守ってくれていたのかもしれないじゃないか。

改めて目を向けると、金無さんの長い前髪の奥に見える顔は整っていた。肌も真っ白で透明感がある。暗い雰囲気に見えるのは髪が長すぎるからであって、もっと短くしたらかなりの美人になりそうだ。

僕は舞い上がる気持ちをおさえきれず言った。

「ち、ちなみに僕のどのネタが」

そう口にしかけたとき、僕と金無さんは布団の上に倒れ込んだ。金無さんが突然抱きついてきたのだ。

僕の手に持っていたグラスが転がって、こぼれた水が床を濡(ぬ)らしていく——。

「か、金無さん!」

倒れた拍子にズレた眼鏡を必死にかけ直しながら言った。

緊張する僕の耳元で金無さんはささやいた。

「私、西野さんのこと……ずっと好きでした」

何――。

心臓の鼓動が速くなる。そもそもこの部屋で女の子と二人きりになること自体、何年ぶりのことなのか分からない。

何ですかこの急展開――。

（と、とりあえずこんなときは……！）

震える手を金無さんの背中に回そうとしたときだった。

勢いよく扉が開く音がして、誰かが部屋の中に入って来た。

（あわわわ……）

僕はすぐに身体を起こして金無さんから離れた。

「あれ？　おとりこみ中かいな？」

入ってきたのはガネーシャだった。ガネーシャはニタニタ笑みを浮かべながら言った。

「もしあれやったら、もう少し外で時間つぶしてきますけど」

自分の顔が赤くなってないかを気にしながら、ガネーシャに言った。

「ど、どこに行ってたんですか。起きたら女の人がいたからびっくりしましたよ」

「いやあ、ワシかてびっくりしたで。偶然の再会やもんな」

ガネーシャがそう言って金無さんに顔を向けると、金無さんも小さくうなずいた。

「すみません、僕、昨日飲みすぎたみたいで覚えてないんですけど、どこで金無さんとお会いしましたっけ？」

「この部屋やで」

「はい？」

「昨日、自分としこたま飲んでこの部屋来たら幸っちゃんがおったんや。で、『いつからここにおんの？』て聞いたら『八年前から同棲してます』言うてね」

「え？　同棲？」

僕は眉をひそめて言った。

「すみません、話がまったく見えないんですけど」

すると、ガネーシャはうんうんとうなずいた。

「まあ話が見えへんのも無理ないわな。そもそも今まで、ずっと見えてへんかったんやから」

そしてガネーシャは言った。

「幸っちゃんは『貧乏神』やねん」

　幸子さんは僕に向かって照れたような顔で会釈をした。僕がきょとんとしていると、ガネーシャが不思議そうな顔をして言った。

「え？　自分、もしかして貧乏神知らへんの？」

「いや、知ってます、知ってるっていうか、うーん」

　僕は苦笑いを浮かべて言った。

「これ、事前に打ち合わせたコントみたいなことですか？」

「ちゃうちゃう」

　ガネーシャはそう言うとタバコを取り出した。

「この部屋、禁煙なんですけど」

　僕が注意するとガネーシャは、

「大事やで。禁煙って大事や」

　そう言いながら淀(よど)みない動きでタバコに火をつけ、おいしそうに煙を吐き出して言った。

「ま、自分は今まで気づいてへんかったやろうけど、貧乏神の幸っちゃんは、ずっと自分に憑いてんねんで。なあ幸ちゃん？」

するとと幸子さんは頬を赤らめて少しずつ語り始めた。

「……西野さんが会社を辞めてお笑いの道に進むって決めたとき『ああ、この人だ』って一目惚れしちゃったんです。だって、西野さんお笑いの才能なんてないのに、皆無なのに、それでもお笑いに挑戦するなんて、なんて素敵な人なんだろうって」

幸子さんは両手を自分の頬にあてて続けた。

「しかも本名が『西野勤』で、つけた芸名が『西野勤太郎』って。このセンスだと間違いなくずっと貧乏だから、私も一生憑いていけると思って……キャ」

そして幸子さんは長い髪の毛の中に顔をうずめた。

（この人は外見より、むしろ中身の方がおかしいかもしれない――）

事態が飲み込めないまま呆然としていると、ガネーシャが、

「あ、せやせや」

と思い出したようにポケットから何かを取り出した。

「これ返しとくわ」

ガネーシャが取り出したものを見て、全身を寒気が駆け抜けた。ガネーシャの手

に握られていたのは、僕の運転免許証と印鑑だった。

「何で――持ってるんですか？」

「何でって、昨日酒飲みながらあんなに盛り上がったやんか」

「……何の話ですか？」

「なんや自分覚えてへんのかいな」

そしてガネーシャは、ふうとため息をついて言った。

「ワシ、アレキサンダーくんの話したったやろ」

「アレキサンダーくん？　アレキサンダーくんって誰ですか？」

「アレキサンダーくん言うたら、紀元前に全世界を統一した王様やがな。ほら、ワシら『お笑いで天下取る』ちゅう話になって、まあ天下取るちゅうたら、アレキサンダーくんやろ？　そんでそのアレキサンダーくんがな、敵と戦うときに味方の船を全部焼き払ってこう言うたんや。『敵の船に乗って帰るか、この場で死ぬか、どちらかだ』てな」

話を聞けば聞くほどわけが分からない――。

「その話と免許証に何の関係があるんですか」けげんな表情のままたずねると、ガネーシャは「分からんやっちゃなぁ」と頭をかきながら言った。

「せやからワシが自分の退路を断つために、借金こしらえてきたったんやがな」

「しゃ、借金⁉」

僕は驚きの声を上げたが、さらにそれを数倍上回る大きさで、

「借金ですって⁉」

という声が部屋中に響いた。幸子さんの声だった。

幸子さんはさっきまでの落ち着いた雰囲気とはうって変わり、大きく見開いた目をギラギラと輝かせていた。それからものすごい勢いでガネーシャに近づくと、身体を揺すりながら言った。

「おいくらですか⁉　おいくら借金なされたんですか⁉」

「まあ限界まで借りたからな。三百万ちょいやな」

「さ、三百万……！」

幸子さんは、広がった鼻腔(びこう)からふうふうと息を吐き出しながら言った。

「業者は⁉　もちろん西野さんレベルの社会的信用の低さでは、正規の業者からは借りられませんよね⁉」

「そうやね。中には闇金もあったかな」

「ヤ、ヤミキイイイン！」

「勤ちゃんはもう立派な多重債務者やで」

「た、たじゅう、多重債務ウウウウウウウ！」

そして幸子さんは「私、もう、貧貧です！」と意味不明の言葉を叫び、その場に倒れてぴくぴくと痙攣し始めた。

（この人、頭大丈夫なのか――）

幸子さんの豹変ぶりに唖然としていると、ガネーシャが僕の肩をぽんと叩いて言った。

「ま、そういうわけやから。これから頑張っていこうな」

僕は苦笑いして言った。

「これ、どれだけ念入りなコントなんですか」

「だからコントちゃうって」

僕は、もはやあきれを通り越して感心していた。

「いやあ、一瞬信じちゃいましたけど、でもお金なんて借りられるわけないじゃないですか。そもそも免許証と顔が全然違いますし」

僕は免許証をガネーシャの目の前に差し出した。するとガネーシャは、

「あれ？　言うてへんかったっけ？」

と言って、両手を顔の前で交差した。そして目の前に現れた顔に、僕は驚きのあまりその場で固まってしまった。

ガネーシャの顔が――僕とまったく同じ顔になったのだ。

（な、なんだこれは、手品なのか？）

しかし、それは手品というレベルのものではなかった。

ガネーシャが「ほい！　ほい！」と言いながら顔の前で手を交差させると――女性の顔やよくテレビで見る有名人の顔に――一瞬で変わっていったのだ。

僕は――。

僕は今、夢を見ているのか――。


「夢ちゃうで」


ガネーシャはそう言うと同時に、全身から強い光を放った。あまりの眩しさに目を閉じた僕がおそるおそるまぶたを上げると、そこにいたのは奇妙なゾウの化け物だった。

顔の中央に長い鼻が垂れ下がっていて、その横には二本の牙があり、片方の牙は途中で折れている。そして腕が四本もあり、胸にはハートマークのついたペンダントをぶら下げていた。

「うわぁぁ！」

驚きのあまり腰を抜かしている僕の目の前で、ガネーシャは長い鼻をゆっくりと揺らしながら言った。

「ワシ、何べんも言うたやん？　『神様』やって」

（い、いや、確かに自分のことを『笑いの神様』とか言ってたけど、でもそんな――）

「みんな最初は言うねんな。これ夢ちゃうかって」

ガネーシャはポケットの中からしわくちゃになった紙の束を取り出して言った。

「でも『現実』やねん」

『借用書』と書かれたその紙には、二十万円也、三十万円也と金額が記されており、僕の印鑑の跡もはっきりと残っている。

（そ、そんな……）

パニックに陥った僕は、ほとんど回らない舌でガネーシャにたずねた。

「お、お金は？　借りたお金は今どこに？」

「使たで」

（つ、使った――？）

全身から血の気が引いていくのが分かった。ガネーシャは平然と言った。

「そりゃそうやろ。お金残してたら自分を追いこむことになれへんがな」

「で、でも、三百万円ですよ⁉　そんな大金、何に使ったんですか⁉」

「『オレオレ寄付』やね」

「オレオレ……寄付……？」

「見知らぬ老人の家に電話して『オレ、オレ』言うて。『オレやけど、最近まとまった金入ったから少し送らせてや』て頼んでな」

（冗談か？　冗談で言っているのか？　ていうか冗談だと言ってくれ――）

しかしガネーシャに冗談を言っている雰囲気はまったくなかった。ガネーシャはタバコの煙を天井に向かって吐き出しながら言った。

「しかし不思議なもんやねえ。老人ちゅうのはお金振り込め言うたらポンポン振り込むくせに、お金振り込ませてほしい言うたら『そんな気を遣わなくていい』『金は自分のために使え』てなかなか振り込ませてくれへんねんな。せやからワシも意地になってな、『今まで迷惑かけてきたんやからこれくらい受け取ってや』『これ受け取ってもらわれへんとワシの方がつらいねん』『ワシがあんたから受けた恩の高さを富士山だとするなら、こんな金、膝小僧やで』言うてな。最後は泣き出す人までおって大変やったわ」

そしてガネーシャは遠い目をして言った。

「でも、やってみたらやってみたで気持ちええもんやねえ。やっぱり『人に与える』ってええなぁ」

「お金……僕のお金……」

僕はもう何も考えることができず、その場に崩れ落ちた。するとガネーシャは、長い鼻を僕の顔に這(は)わせながら言った。

「まあ安心せえや。あと三か月もしたらこんな借金すぐ返せるで。いや借金返すだけやない。そんとき自分はお笑い界の頂点に立って、地位も名誉も手に入れることになるんやからな」

「ど、どういうことですか」

ほとんど泣きそうになった顔を上げると、触れてもおかしくないくらいの近い距離にガネーシャの顔があった。

「三か月後、何がある?」

三か月後……三か月後……。僕はぼんやりとした頭の中で思った。

(そもそも三か月後は、僕にやってくるのだろうか――)

僕が無言のまま首を横に振ると、ガネーシャはため息をついて言った。

「なんや自分、お笑いやってるくせにそんなことも知らへんのかいな」

そしてガネーシャはニヤリと笑って言った。

「三か月後にあんのは――『ゴッド・オブ・コント』の決勝戦やで」

2

『ゴッド・オブ・コント』――プロ、アマを問わない三千組以上のお笑いコンビが参加する、日本最大のお笑いの祭典。優勝者にはコント王の名声と賞金一千万円が贈られる。そして、通常は夏から秋にかけて開催されるこの祭典も年々人気が高まり、今年の決勝戦は大みそかに行われることになっていた。


（ゴッド・オブ・コントで優勝なんて、絶対無理に決まってるじゃないか――）

その場にへなへなと座り込んだ僕の前に立ったガネーシャは、

「分かるで」

と勝手に一人でうなずいて言った。

「確かに自分は三流芸人や。せやから自分が笑いの神様であるところのワシの足を引っ張るんちゃうか、その結果ゴッド・オブ・コントで優勝でけへんのちゃうかいう不安があるんは、分かるで」

（三流芸人って、会ったときは僕のこと天才だって言ってただろ――）

「何か言うたか？」

ガネーシャはフンと鼻を鳴らして言った。

「まあ、ワシから言わせたら自分は三流芸人どころか、四流、いや、五流や。なんなら、六流、七流、八流、九流……急流や！　あかん、おぼれる！　助けて！　ワシ、泳がれへんねん！」

そしてガネーシャはその場でひとしきりバタついたあと、ゴホンと咳払いを一つして、

「……今の〝ボケ〟はレベルが高すぎたかな」

と独りごとのようにつぶやくと僕に向き直って言った。

「ま、そういうわけやから。今の自分の実力はまだまだやけども、今後はワシの言うことちゃんと聞いて精進していったらゴッド・オブ・コントで優勝できる実力をつけれるから安心せえ」

そしてガネーシャは幸子さんをアゴでしゃくって言った。

「幸ちゃん、説明したり」

「え？」突然話を振られた幸子さんはきょとんとしている。

「ほら、幸っちゃん、あれや。ガネーシャいうたら、あれやがな」

しかし幸子さんは相変わらず事情が飲み込めないといった感じだ。するとガネーシャは、

「ああ、もう！」

と言って、机の上に置いてあった僕のスケッチブックを勝手に開いて大きな文字を書くと、幸子さんに向けた。

「ガネーシャ、は、多くの偉人を、育てて、きた？」

　幸子さんがカンペに書かれた文字をたどたどしく読むと、ガネーシャは力強くうなずき、僕に向かって乱暴に言った。

「ま、自分みたいな肥溜め芸人でもチャップリンくんの名前くらい聞いたことあるやろ？」

（肥溜め芸人――）

　ガネーシャの僕に対する罵倒は極限までエスカレートしていたが、とりあえず答えた。

「……喜劇王チャップリンですよね」

　ガネーシャはわざとらしくうなずくと、片方の眉を持ち上げて言った。

「そのチャップリンくんにチョビヒゲ勧めたんワシやねんで」

「はい？」

「いや『はい？』やのうて。チャップリンくんを喜劇王としてプロデュースしたんはワシや言うてんねん。チャップリンくんは、トークや演技はおもろかったけど外見にインパクトがなかってんな。せやから『チョビヒゲつけて、だぶだぶのズボンはいたらええんちゃう？』てアドバイスしたったんや。これが見事に当たってな。チャップリンくんはお笑い界のトップに昇り詰めたんやで」

ガネーシャはタバコに火をつけるとさらに得意げに語り出した。

「ま、ワシに言わせたら、チャップリンくんは序の口中の序の口やね。他にも、アインシュタインくんやらエジソンくんやらナポレオンくんやらな、まあ過去に偉大な仕事してきた人間は、ほぼワシのコンサルティング受けてる言うても過言やないで」

「証拠は、あるんですか？」

「はぁ？」

僕の言葉にガネーシャは目を見開いた。僕は言った。

「いや、自分が育てたって、そういうの言おうと思えばなんとでも言えるっていうか」

するとガネーシャは顔を真っ赤にして怒り出した。

「な、なんや自分、ワシがウソ言うてるちゅうんか？」

「ええっと、まあ、はい」

僕の返答に対して、ガネーシャは四本の手をブンブンと振り回しながら応戦してきた。

「なんなん？　自分、なんなん⁉　ワシ今までぎょうさんの人間に会うてきたけど証拠とか請求されるパターンあれへんかったで！」

「そう言われましても……」

「ああ、分かったわ！　そこまで言うなら見せたろやないかい！　ワシが育てた人間がみんなビッグになったっちゅう揺るぎない証拠をな！　その腐った目ん玉見開いてよう見とけやボケェ！」

そしてガネーシャは天井に向かってパオーン！　と吠(ほ)えた。すると不思議なことに、どこからともなく数枚の紙がひらひらと舞いながら落ちてきた。

その中の一枚を手に取って見てみると、日本語ではない文字がずらずらと書かれてある。

「あの……これはなんて書いてあるんですか？」

ガネーシャは、僕の手から紙を奪うと、フン！　と鼻から息を吐き出して言った。

「ええか、ここにはこう書いてあるんや！　よう聞いとけよ！」

そしてガネーシャは、これみよがしに紙に書かれた文章を読み上げた。

Dear　ガネーシャ様
このたび、白熱電球の発明で大きな名誉を得ることができました。アイデアのほとんどを出してもらったのに私の名前で世に出すことは心苦しいかぎりです。敬意を込めてこの言葉を贈らせていただきます。
天才とは、１％のひらめきと、99％のガネーシャである
トーマス・エジソン

（そ、そんなアホな――）
僕は唖然とするしかなかったが、ガネーシャは平然と他の紙を読み上げていった。

ガネーシャ様へ
相対性理論の件では大変お世話になりました。$E=mc^2$の数式を尻文字で表現されたときはいささか驚きましたが、突きつめれば宇宙とはそのようなものなのかもしれませんね。

PS.
写真に写るとき「ベロ出したほうがキャラが立つで」のアドバイス、本当にありがとうございました。

アルベルト・アインシュタイン

「私の辞書に不可能の文字はない」と言いましたが、一つだけ不可能があります。

それはガネーシャ様の教えに従わないことです。

ナポレオン・ボナパルト

聴力を失うことになって絶望に打ちひしがれていたとき、ガネーシャ様の一言、

「アリやで」

に救われました。

「アリやで」とはつまり『運命』を受け入れろということなのですね。

ベートーベン（「運命」を弾きながら）

「お前のバイト代、これで払える?」と『葦』を渡されたときは激怒しそうになりましたが、今思えばあれがすべてのきっかけでした。
この言葉は、ガネーシャ様に捧げます。
「人間は考える葦である」

パスカル

宇宙船の中で「しりとりやろうや」と何度も誘っていただいてありがとうございました。月面に到着するまで心の余裕を保つことができました。

ニール・アームストロング

私に暴力を振るわせた唯一の方でした。

ガンジー

　ガネーシャは、すべての紙を読み上げると得意げな顔で言った。

「な？」


（いやいやいやいやいや！　こんなの信じられるわけないだろ！）

　どこをどうツッコんでいいか分からないくらいバカげた話だった。しかし、いつのまにか僕の隣にやってきていた幸子さんが声をひそめて言った。

「西野さん、ガネーシャ様のことを信じてあげましょう。これ以上ガネーシャ様を追い詰めるのはかわいそうです」

「いや、でも……」

　すると幸子さんは言った。

「それに、偉人を育てたかどうかはさておき、ガネーシャ様が『夢をかなえるゾウ』と呼ばれているのは本当の話ですよ」

「夢をかなえるゾウ？」

「はい。ガネーシャ様には関わった人たちの夢をかなえてしまう力があるのです。だから、ガネーシャ様が西野さんを選んだのも、きっと何か理由があるはずです」

(僕を選んだ理由……)

幸子さんの話を聞きながら、僕は昨日ガネーシャに会ったときのことを思い出した。

確かにガネーシャは、夢をあきらめかけていた僕に新たな希望を見せてくれた。あのときの言葉は、今、目の前にいるガネーシャが口にした言葉とは思えないほど深く心にしみわたった。

(夢をかなえるゾウ……)

僕は半信半疑のままガネーシャの姿を見つめた。

「ん？　誰かワシの噂をしとるようやな」

ガネーシャは、鼻をふがふがさせハクショーン！　と大きなくしゃみをした。それから手に持っていた偉人の手紙でチーン！　と鼻をかんだ。

＊

「あ、あの……ガネーシャさん」

僕はガネーシャの背中に向かって言った。これが五回目だった。

「何や？」

ガネーシャはパソコン画面を見たまま振り返らずに言った。さっきからずっとパソコンのＲＰＧ（ロール・プレイング・ゲーム）に夢中になっている。

「そろそろネタを考えないと」

「ああ、ワシもそのつもりやで。せやから次のステージ進んだらセーブして終わろう思てんねんけど、ただ、幸っちゃんがなぁ……あ！」

そしてガネーシャは隣でプレイをしている幸子さんをすごい形相でにらみつけた。

「あかんて幸っちゃん、勝手にお金使（つこ）てもうたら。また一文無しになってまうで！」

「でも、私、財布を空（から）にしておかないと落ち着かないんです」

「いや、そういう貧乏神としてのこだわりは分かるけども……で、何買うたん？ってまた『布の服』かいな！　幸ちゃん『布の服』何枚集めたら気が済むねん！こういう装備は一つでええんや！　このままやとキャラが全然強なれへんで！」

「でも、この服可愛らしいんです。貧相で」

「そういう問題ちゃうやろ！　幸ちゃん、こんなことしとったら一生このステージから出られへんで！」

「だったら、ずっとこのステージにいたら良いんじゃないでしょうか」

「なんでやねん。次のステージ行ったらもっとおもろいことが待ってるかもしれへんやんか」

「でも、それって……幸せなんでしょうか？　いつも新しさを求めて生きていくことは本当の幸せにつながるんでしょうか？」

するとガネーシャは、ハッとした顔になったあと、感嘆して首を横に振った。

「……幸っちゃんはほんまに深いなぁ。幸っちゃんはこのステージにとどまることで、現代資本主義が提示する幸せの形に対してアンチテーゼを投げかけようとしてるんやな。よっしゃ、そういうことならとことんまでこのステージで遊ぼうやないか。幸ちゃん、『布の服』大人買いしいや！」

「いい加減にしてくださいよ！」

怒りがおさえられなくなった僕は、二人の後ろから手を伸ばしキーボードを叩いて画面を閉じた。

「何が『大人買い』ですか！　だいたいこの状況でなんでゲームができるんですか。このままいったら……僕の人生は破滅なんですよ⁉」

そう言っているうちに、自分の目が潤んでくるのが分かった。すると幸子さんが僕の背中にそっと手を置いて言った。

幸子さんは床に横たわってしまった。

「その破滅——お供します」

「ほっといてください！」

いら立った僕は幸子さんの手を払った。

（あ……）

思ったより力が入ってしまったのか、幸子さんは床に横たわってしまった。

「さ、幸ちゃん、大丈夫かいな」

ガネーシャが駆け寄ると幸子さんは言った。

「男が女に暴力を振るうのは、やさぐれ始めている証拠——」

そして幸子さんは頬を赤らめて言った。

「幸子、幸せです」

（もう、こいつらとはやっとれん——）

僕はため息をつきながら玄関に向かった。

「おい、どこ行くねん。ネタ作らんでええんか？」

ガネーシャの言葉に、

「ネタは僕が一人で書きますから！」

そう言い捨てて部屋を飛び出した。

家の近くにあるチェーン店のカフェに入った。いつもはカフェオレを注文するのだけど、お金が心配になり、コーヒーのSサイズに変更した。

とりあえずテーブルの前に座ってノートを広げる。しかし、まったく集中できなかった。

もし、このまま借金が返せなかったらどうなるんだ？

ある日突然、怖い人たちが家にやってきて、僕はどこかに連れ去られるかもしれない。最悪、命を失う危険すらあるんじゃないか？

そんな不安が次から次へと思い浮かんできて、何も手につかないのだ。

（僕の人生はこれからどうなってしまうんだ……）

白紙のノートの前で頭を抱えて震えていると、背後から声をかけられた。

「その様子やとネタ作りは進んでへんようやね」

顔を上げると、ガネーシャがいた。

ガネーシャはトレイの上にコーヒーゼリーを三つのせていた。ガネーシャは僕が何も言ってないのに「これ全部ワシのやからね」と言い、隣の席に座った。そしてコーヒーゼリーに大量のガムシロップをかけながら言った。

「苦いコーヒーゼリーに甘いガムシロップかけるちゅうのは、真冬の雪山で露天風呂に入る的な、プラスとマイナスのハーモニーがたまらんねんな」

そして猛烈な勢いでコーヒーゼリーを口の中にかきこみながら、ガネーシャは言った。

「自分、藤山寛美くん知ってるか?」

(突然、何の話だ?)と首をかしげながらも、一応答えた。

「……昭和を代表する喜劇役者ですよね」

「お、よう知ってるやないか。さすが真面目っ子やな。そんで、その寛美くんと仲良うしとった後輩の落語家が、借金こさえたことがあってな。その金額がちょうど今の自分と同じくらいやったんや」

「え!?」

話に興味が出てきた僕が身を乗り出すと、ガネーシャは続けた。

「そしたら、その後輩んとこに寛美くんがバッグ持って現れてな。そのバッグん中には一千万円くらいの札束が入っとったんや。そんで寛美くんは後輩に向かってこう言うたんやで。『このバッグん中から好きなだけ持っていき』てな」

(な、なんてうらやましい話なんだ。僕も藤山寛美の後輩になりたい——)

僕が感動しているとガネーシャは言った。

「ただ、そんとき寛美くん、借金九億円あったんや」

「え――」

絶句する僕の前でガネーシャは笑いながら言った。

「だいたいそのバッグに入った一千万、人にやる前に自分の借金返せっちゅう話やん？　でもな、天下取る芸人ちゅうのはこれくらいの発想があるもんやねんで。せやから自分も借金なんかにビビッとらんと……」

（だめだ――）

ガネーシャの声が次第に遠のいていく。

（僕にそんなことできるわけがない。やっぱり僕が芸人として成功することなんて不可能なんだ――）

再び頭を抱えていると、

「しゃあないなぁ」

ガネーシャは、だるそうに立ち上がって言った。

「ついてこいや」

そしてガネーシャは勝手に歩き出した。

（どこへ行くつもりなんだ？）

ガネーシャのあとについていくのはためらわれたが、この場所にいたところで作業は進みそうもない。僕は、テーブルの上に放置されていたコーヒーゼリーの空き皿を返却口に戻してガネーシャを追った。

＊

ガネーシャに連れてこられた建物を見上げながら僕は言った。

「ここは……何ですか？」

「図書館やね」

「いや図書館は分かってますけど」

僕はガネーシャにたずねた。

「ここでどうしろと？」

「調べたらええやん」

「どういうことですか？」

「自分、今、色々悩んどってお笑いに手ぇつけへんのやろ？　せやったらここで悩みを解消したらええんちゃう？」

「本を読めってことですか？」

「平たく言うとそういうことやね」

ガネーシャの言葉に大いに落胆した僕は、ため息と一緒に言葉を吐き出した。

「本を読んだくらいで何が解決するっていうんですか」

するとガネーシャは不思議そうな顔をして言った。

「いや、むしろ本読んで解決せえへん問題なんてあれへんで」

そしてガネーシャは図書館を見上げて言った。

「仕事、お金、人間関係、幸せ……人間の悩みなんちゅうのはいつの時代も同じじゃ。そんで本ちゅうのは、これまで地球で生きてきた何億、何十億ちゅう数の人間の悩みを解決するためにずっと昔から作られてきてんねんで。その『本』でも解決でけへん悩みちゅうのは何なん？　自分の悩みは地球初の、新種の悩みなん？　自分は悩みのガラパゴス諸島なん？」

「もう、分かりましたよ。分かりましたから！」

延々と続きそうなガネーシャの屁理屈に嫌気がさした僕は、図書館に入ってみることにした。

ガネーシャも、

「ちょうどワシも読みたい本あんねん」

と僕の横に並んで図書館の中に入った。

*

(図書館に来たのは高校生のとき以来かもしれないな)

そんなことを思いながら、図書館の高い天井を眺めた。

それに高校生のときは自習室代わりに使っていただけで、本を借りて読んだわけではない。図書館で本を借りるのは初めての経験だ。

係の人に聞くと、パソコンで本を検索して閲覧の申し込みをするシステムになっているとのことだった。僕はパソコンの前に座り、どんな検索ワードを入れようか考えた。

そして僕はあることをひらめいて、こんな単語を入れてみた。

（ガネーシャのやつ「本で解決できない悩みなんてない」なんて言ってたけど、こんなことで悩んでるのは僕くらいなものじゃないか）

そう思いながら検索を開始すると、１００件近くの本のタイトルや雑誌記事がヒットした。

（思ったよりたくさんあるな……）

僕は画面に表示された中から良さそうなものを選んで閲覧を申し込み、受付カウンターで受け取った。それから椅子に座って最初の説明を読み始めたところ、いきなり蒼(あお)ざめることになった。

貧乏神（びんぼうがみ）――取り憑いた人間やその家族を貧困にする神。

（やっぱりそうだったのか――。もしかして、僕がずっとお笑いで売れてなかったのは幸子さんに取り憑かれていたせいなんじゃないか……）

そんな不安に駆られながら読み進めたが、すぐに僕は顔をしかめることになった。

貧乏神は薄汚れた老人であり、痩（や）せこけた体で顔色は青ざめ、手に渋団扇（しぶうちわ）を持って悲しそうな表情で現れる。

（幸子さんと全然違う……。昔の貧乏神と現代の貧乏神は違うということなのだろうか）

新潟県では、大晦日（おおみそか）の夜に「囲炉裏（いろり）」で火を焚（た）くと、貧乏神が熱がって逃げていくと言われている。

（囲炉裏――。今どき囲炉裏て――）

さらに色々な本を読んでみたが貧乏神は地方によって様々な言い伝えがあるようで、「味噌が好き」「古い味噌が嫌い」「酒が好き」「貧乏神は福の神になる」など統一感のない情報が飛び交っていた。

結局、何をどうしていいのか結論が得られなかった僕は本を返却し、次の検索ワードを入れてみることにした。

借金

(うわわ……)

パソコン画面に表示された件数の多さを見て驚いた。なんと、2000件近くの本や雑誌記事が検索に引っかかったのだ。

「人間はみんな同じことで悩んでいる」

ガネーシャの言葉は、あながち間違いではないらしい。

申し込んでいた本が届いたのを確認して、受取カウンターに向かった。貧乏神のときと違って、選んだ本がことごとく「借金」に関するものなので後ろめたく感じる。本を渡してくれる司書の人からも白い目で見られているような気がして、本を受け取ると足早に移動し部屋の隅の椅子に座った。

（なんで僕がこんな思いをしなくちゃいけないんだ。悪いのは全部ガネーシャじゃないか！）

イライラしながら本を開いたが、読み始めるとすぐに内容に引き込まれてしまった。

父親の会社の連帯保証人になることを断れず、数千万円の借金を背負ってしまった人、五十代で会社が倒産して億単位の借金を背負った人……本の中には、僕が今置かれている状況よりもはるかにつらい境遇の人たちの事例が詳しく書かれてあった。

しかも、驚くべきことに――。

彼ら、彼女らはその状況から脱出し、かつ、成功していたのだ。

（す、すごい……）

僕は食い入るように本を読んだ。そこには、僕が今まで聞いたこともない知識がたくさん詰まっていた。

たとえば「自己破産」。

僕はこれまで自己破産に対して、「絶対にしてはいけないこと」というイメージがあった。

その理由は、若者がクレジットカードで好き勝手に買い物をして、返済できなくなったら簡単に自己破産をするというニュースを見たことがあったからだ。

しかし、図書館で読んだ本によると、そういった事例は一部のマスコミが視聴率や部数を稼ぐために煽(あお)り立てたものらしい。実際に借金で苦しんでいる人たちというのは、病気やリストラで突然収入を失った人がほとんどで、自己破産は、借金に追い詰められて身動きが取れなくなった人たちを救済するための法律だった。しかし、多くの人たちは「自己破産に対する漠然とした罪悪感」によってその法律に頼れないし、自己破産に関する知識も持っていない。

ただし、他の本にはこんなことも書かれてあった。

「自己破産は手続きが簡単なこともあり、手数料を得るために安易に勧める弁護士もいる」

そしてその本は、自己破産ではなく裁判所で借金を整理することができる「特定調停」という制度を勧めていた。

――年間二万人を超える日本人の自殺の一番の原因は、「借金」だと聞いたことがある。もし、今日僕が知った「自己破産」や「特定調停」の知識があれば、多くの人たちが自殺を選ばずに生きていくことができたのかもしれない。

（学校の先生も、両親も、友達も教えてくれない大事な知識がここにはたくさんあるんだ……）

図書館の魅力に興奮した僕は、あることをひらめいて新しい検索ワードを入力してみた。

緊張

僕は舞台に立っているとき、不測の事態が起きるとパニックになってしまうことがよくある。でも、それは僕の性格というか「どうしようもないこと」だと思ってあきらめていた。いや、もしかしたら心のどこかでそのことと向き合うのが恥ずかしいと思っていたのかもしれない。「緊張したときどうすればいいか」なんて本を読んでいるところを他の芸人に見られたらと思うとぞっとする。

でも、その考えは間違いだった。

どうして人は緊張するのか――そのメカニズムは心理学や脳科学の分野ですでに解明されていたのだ。

僕は、本に載(の)っていた緊張の対処法を一つずつメモ帳に書き写していった。

その中でも特に僕が面白いと思ったのは、「声の大きさや体の動きを変える」という方法だ。人は緊張したとき、無意識のうちに声が小さくなったり体が縮まってしまうものらしい。そういったとき、意識的に声を張ったり動きを大きくしたりすることで脳の緊張を解くという方法だった。

「閉館の時間になります」

司書の人に声をかけられるまで、僕は時間を忘れて本を読みふけっていた。

本を閉じると、心地よい疲労感が体に押し寄せてくる。

立ち上がって帰り支度を始めると、カウンターの奥の棚に並んでいるたくさんの本が目に入った。そのとき、僕はガネーシャの言葉を思い出した。

「本ちゅうのはな、この地球に生きてきた何億、何十億ちゅう人らの悩みを解決するために作られてきたんやで」

――確かに、ガネーシャの言うとおりかもしれない。

この世界には、過去に僕と同じ悩みを抱えていた人がたくさんいて、僕の方から手を伸ばしさえすれば、いつでもその人たちは僕の助けになってくれる。

そのことに気づいたとき、僕は自分の抱えている悩みが少しずつ和らいでいくのを感じた。

本をカウンターに返却して振り返ると、視界の隅にガネーシャの姿が見えた。

閉館時間だというのに、ガネーシャにしては珍しく、机の前に座って真剣に本を読んでいる。

（ガネーシャは、僕に本の素晴らしさを教えてくれようとして図書館に……）

お礼を言おうと思ってガネーシャの元へ向かった。しかしガネーシャの読んでいた本のタイトルを見てその場で凍りついた。

『チャップリン自伝』

（え――）

さらにガネーシャの机には『エジソン物語』『アインシュタインの秘密』など偉人の物語が山積みになっていた。

「あ、あの……」

僕がガネーシャに声をかけると、驚いた表情をしたガネーシャは勢いよく本を閉じて言った。

「お、おお。終わったか。で、どうや？　悩みの方はもうええんか？」

「はい、そちらの方は、なんとか……」

そう言いながら、僕は机の上に積まれている本に目を向けた。ガネーシャは、あわてて本を脇に抱えて立ち上がった。

「いや、これはあれやで。もしかしたらワシのこと書いてるんちゃうかな思て、確認の意味で見てたんや。しかしまあ、びっくりするほどワシの名前が出てけえへんねん。ここまで出てこんちゅうことは、あれやろね。『あえて』やろね。『あえて』

ワシのこと書いてへんのやろね」

そして、ガネーシャは図書館を出てからも、

「あえて、やろな」

と独りごとのようにつぶやいていた。

［ガネーシャの課題］

図書館に行く

本書の使い方

本書に登場する［課題］は、物語の主人公だけではなく、あなたの人生にも役立つ内容になっています。

ガネーシャの出す［課題］は過去の偉人たちが実行してきたものであり、また、ガネーシャ以外の神も、それぞれの立場からあなたの人生に役立つ助言をしてくれます。


本書のテーマは「お金」と「才能」です。

もし、あなたが大きな夢に向かって羽ばたいたとしても、その分野で才能を発揮できなかったらどうなるでしょう？

おそらくあなたの生活は苦しくなり、その生活を続けるうちに、夢をかなえようとしたことを後悔し始めるかもしれません。

では、夢に向かって挑戦することは、あなたを不幸にするのでしょうか？

人は、夢など抱かない方が、幸せに生きられるのでしょうか？

この問いの答えは物語が進むにつれて明らかになりますが、言葉だけではなく本質を理解するために、［課題］を実行してみてください。

［課題］は、物語の主人公だけではなく、あなた自身の夢と深く関わっています。

ぜひ現実の世界で、その答えを実感してみてください。

さあ、それでは、一度大きく深呼吸をして。

新たな［課題］へと進みましょう。

3

(あ、あった)

僕はパソコン画面を見ながら感心した。

(本当に『アマゾン』では何でも売っているんだな……)

僕がアマゾンで見つけたのは、

〝囲炉裏〟

だった。

図書館で読んだ本に「貧乏神を追い払うための道具」として書かれていたので、一応買っておこうと思ったのだ。

しかし、高い。一番安いものでも三万円を超えている。

(買うべきか、買わぬべきか……)

迷っていると、いつのまにか僕の背後から幸子さんが画面をのぞきこんでいた。

「何見てるんですか?」

僕は「な、何でもないよ！」とあわててページを閉じた。

すると幸子さんはふくれて言った。

「もしかして、Ｈな本を買おうとしてたんじゃないですか」

「ち、違うよ！」

そう否定しながら、頭がくらくらするのを感じた。

（おいおい、これじゃあまるで本物のカップルみたいじゃないか――）

僕は立ち上がると、冷蔵庫から水を取り出してグラスに注いだ。そして、一気に喉の奥へと流し込みながら自分に言い聞かせた。

（とにかく、今は、ゴッド・オブ・コントで優勝することに集中しよう。そして、この生活から抜け出すんだ）

もちろん、ゴッド・オブ・コントに優勝して借金を返済するというガネーシャのシナリオを完全に信じたわけじゃない。でもガネーシャが不思議な力を持っているのは事実だし、万が一にも優勝できたら借金返済だけじゃなく、お笑い芸人としての輝かしい未来が待っているのだ。

それに、幸子さんの問題もあった。

もし、僕が芸人として売れていない原因が貧乏神の幸子さんにあるのだとしたら、この問題を解決できるのは同じ神様のガネーシャくらいなものだろう。

（とりあえず、今はガネーシャの言うとおりやるしかないんだ……）

しかし、そう決意した矢先に、ガネーシャの姿が見あたらない。

「あれ？　ガネーシャは？」

不安になってたずねると、幸子さんは細い首を傾けて言った。

「確か『精神と時の部屋』に行くと言ってましたけど……」

「精神と時の部屋？」

「ガネーシャ様は、駅前の漫画喫茶をそう呼んでるみたいですね」

（漫画喫茶だって――？）

また頭がくらくらしてその場にへたり込みそうになったが、なんとか気力で体を支え、

「ちょっと行ってきます」

と言い残し部屋を出た。

＊

漫画喫茶の店内に入ると、ガネーシャは棚の前で漫画を選んでいた。あまりの「普通の客」然とした態度に、

「何やってんですか！」

怒りをおさえきれずに言うと、ガネーシャは一切悪びれる様子もなく答えた。

「何って……見てのとおり、修行やけど」

「これのどこが修行なんですか？」

「逆に、これのどこが修行やないんや？」

「漫画読んでるだけでしょう！」

「これやから素人は困るわぁ」

ガネーシャはフフンと鼻で笑いながら言った。

「ええか？　ここはな、自分が考えとるような生易（なまやさ）しい場所やないねん。たった一畳の独房に閉じ込められ、いったん入ったら、やれ三時間パックや五時間パックやいうて拘束（こうそく）されて外に出られへん。しかもその間ずっと情報をインプットし続けなあかんのやで。これを修行と言わずして何を修行と……痛だだだだっ！」

僕はガネーシャの腕をつかんで引っ張りだそうとした。ガネーシャは言った。

「自分、ワシのこと誰や思てんねん。神様やで。自分なんかより全然偉いねんで！」

ガネーシャの言葉を無視して出口の方に引っ張っていった。するとガネーシャは急に猫なで声になって言った。

「ちょっと待って。ほんまに。ちょっとだけワシの話聞いて」

「……何ですか」

「ワシ、『ゆとり』やねん」

「はい？」

「ワシ、神様界のゆとり世代やねん」

「……」

「いや、こっちの業界も色んな世代があるんやけど、ワシがまだ駆け出しんときは、あんまりおさえつけるんやのうて、のびのびやらそちゅう空気があったみたいでな、その影響でこないな感じになってんねんな。せやからあんまりせっつかれるとむしろモチベーション上がれへんちゅうかね。いや、もうこの際はっきり言うわ。モチベーションが上がれへん。モチベーションが上がれへんねん！」

開き直ったガネーシャは手に持った漫画を抱え込むようにして叫んだ。

「とりあえず、この『めぞん一刻』は最後まで読ませろや！」

あまりの大声で叫ぶので「ちょっと静かにしてください！」と注意したが、ガネーシャは構わず叫んだ。

「『めぞん一刻』だけに一刻、一刻の猶予も許さへんねん！」

それからガネーシャは「一刻だけに！　一刻だけに！」とわけの分からないことを言って騒ぎ立てた。すると様子を見ていた店員が近づいてきて「他のお客様のご迷惑になりますので」とにらみつけてきた。僕は歯ぎしりをしながら「できるだけ早く終わらせてくださいよ」とガネーシャに言うしかなかった。

＊

――大の大人が二人、漫画喫茶のカップルシートに座っている。本当は別の個室を取りたかったが、ガネーシャが漫画を読み終わるまで隣で監視しなければならないので泣く泣くこの部屋にした。

途中「腹が減った」というガネーシャのためにカップラーメンにお湯を入れて持ってきた。ドリンクバーには十回以上往復させられた。それもすべて、ガネーシャが早く漫画を読み終わってネタ作りを始められるためにしたことだった。

そしてガネーシャは、ようやく『めぞん一刻』の最終巻を読み終えると、感動で涙ぐみながら言った。

「さて、次はどんな感動がワシを待っててんねやろ」

新しい漫画を探しに行こうとしたガネーシャの肩をつかんで引き戻した。

「ちょっと待ってくださいよ！」

「何？」

「いや『何？』じゃなくて、いい加減僕が書いたネタを読んでもらえませんか」

僕はプリントアウトしてきた紙をガネーシャに向かって突き出した。

ガネーシャはチッと舌打ちしてネタが書かれた紙を乱暴に奪い取り、さっと目を通すと言った。

「おもろないな」

そして紙を放り投げて部屋から出ようとした。そのガネーシャの肩をつかみ、先ほどよりも強い力で引き戻した。

「ちゃんと読んでください」

ガネーシャはもう一度紙を眺めて、

「うん。ちゃんと読んだ。おもろない」

そしてまた部屋を出ていこうとする。僕はいよいよ我慢ができなくなって言った。

「そんなこと言うならあなたが書いてくださいよ！」

するとガネーシャは、

「なんやそれ」

と鼻で笑うように言った。

「ええか？　チャップリンくんはな、自分が撮った映画の試写でずっと観客の反応をメモしてたんやで。それくらい他人の反応ちゅうのを大事にしたんや。それやのになんや自分は。ちょっとおもろない言われたくらいで『あなた書いてくださいよ』て。そんなんで優勝できるほどゴッド・オブ・コントは甘ないで！」

（なんなんだこいつは――――）

大声で怒鳴りたいくらいの気持ちだったが、隣の部屋にいる人のことを考えて声を押し殺しながら言った。

「それを言うならあなたはどうなんですか⁉　いつも遊んでばかりで、本当にゴッド・オブ・コントで優勝する気あるんですか⁉」

するとガネーシャは目を細めて言った。

「ほなら聞くけど――自分は『ガネちゃん勤ちゃん』が優勝を目指す上で、何が一番のネックになってんのか分かってんのか？」

（『ガネちゃん勤ちゃん』――何度聞いてもダサすぎるコンビ名だ――）

ガネーシャがこのコンビ名を提案してきたとき、僕は大反対したが、幸子さんの猛プッシュもあってこの名前で押し切られてしまった。

ガネーシャは人差し指でビッと僕を指差すと言った。

「ええか？　『ガネちゃん勤ちゃん』が優勝する上での最大の障害は、お前や！　お前がワシの――『ガネちゃん』の足引っ張ってんねや！」

そしてガネーシャは両手を自分の顔の前で交差した。

「おわっ」

来るとは分かっていても驚いてしまう。ガネーシャの顔はテレビで活躍する超大物芸人になっていた。ガネーシャは、その人の声色まで完璧に真似て言った。

「ワシはどんな顔にもどんな声にもなれる、いわば完璧な芸人や。ガネーシャ・イズ・パーフェクトなんや！　せやからあとは自分やで。自分が成長してワシの足を引っ張らんようになれるか、それがゴッド・オブ・コント優勝の鍵を握ってんねや！」

とてつもなく上からの物言いに腹が立ったけど、僕はガネーシャに言い返すことができなかった。確かに、ゴッド・オブ・コントの優勝を本気で考えるなら、ガネーシャの持つこの不思議な能力を最大限引き出せるかが勝負の分かれ目になるだろう。

「せやから、自分は他人から『おもろない』て言われたら、まず自分を変えることを考えなあかんのや。だいたいお客さんちゅうのはどこをどうしたらええかなんていちいち教えてくれへんで。ただ、おもろいか、おもろないかだけを判断するんや。でもその判断をバカにしたらあかん。お客さんちゅうのはほんまによう分かってんねん。行列のできるラーメン屋にまずい店は滅多にあれへんやろ」

ガネーシャはカップラーメンの空きパックを手でつつきながら言った。

「これ、あとでもう一杯な」

（こいつ――ただでさえお金がないのに勝手なことばかり言いやがって――）

僕がいら立ちを露わにすると、ガネーシャは確実にラーメンを手に入れようとしたのか、

「ほんなら今からめっちゃええ話したるから集中して聞いとけや」

と妙に恩着せがましく言った。

「自分、ワシと最初に会うたとき言うてたやろ。『僕には才能がない』て。せやったら、それを一番の強みにせえ。自分に才能がない思うんやったら、お客さんの意

見聞いて、直して直して直して直しまくるんや。そしたら必ず天才を超えられる日が来るからな」

ガネーシャの自信満々な言葉に、思わず僕は聞き返した。

「必ず――ですか？」

ガネーシャは「そうやで」と力強くうなずいて言った。

「最終的に成功する人間ちゅうのはな、『自分には才能がない』ちゅう『不安』を持ってる人間なんや。そういう人らが、人の意見に耳を傾けて、試行錯誤していくことで最初のころには想像もでけへんかったような成長を遂げるんやで。自分も知ってるやろ？　天才や天才やてもてはやされたことで、お客さんが望んでへんようなもん作ってもうてる人らをな」

ガネーシャの言葉を聞いて、何人かの顔が思い浮かんだ。すごく才能があると言われていたのに、独りよがりなものを作るようになりお客さんから見放されてしまった人たちだ。

「もちろん他人の批判を恐れずに自分を貫くんも大事やで。でもほとんどの人が他人の意見を聞かへん本当の理由はな、『直すのが面倒だから』やねん」

そしてガネーシャは、こんな話を教えてくれた。

「漫画の神様と呼ばれた手塚治虫くんな。彼は、締切りぎりぎりで書き上げた『ブラック・ジャック』の原稿が面白いかどうかをスタッフ全員に聞いて回ったんや。そんで、たった一人のアシスタントが面白くないて言うたんをきっかけに全部直したこともあるんやで」

いつのまにかゾウの顔になっていたガネーシャは、大きな耳をパタパタと動かした。

「聞く耳を持つんや。それが『成長』するための最大の秘訣やで」

「なるほど……」

僕はガネーシャの話を聞いて少し勇気がわいてきた。才能がないと嘆くんじゃなくて、才能がないからこそ人の意見が聞ける、そう考えれば新しい道が拓けるかもしれない。

(直して……みるか)

僕はそう思った。もし人の意見を聞いて新しく作ったネタが今のものよりつまらなくなったとしても、そのときはまた元に戻せばいいだけの話じゃないか。

それから僕はカップラーメンにお湯を入れて持ってくると、ネタがプリントされた紙を広げた。

書き上げたときは我ながら面白いと興奮していたが、冷静な目で見直してみると設定にいくつか問題があるように思えた。

(もしかしたら、これは最初から直さないとダメなのかも……)

そんな不安が頭をよぎり、その労力を想像すると作業に入るのがためらわれた。

でも、すぐにそれを打ち消す言葉が頭に思い浮かんだ。

(直せることを、僕の強みにするんだ)

メモ帳を開いて一行目からネタを直し始めた。

このとき僕には、今までとは違う、新しいネタ作りに踏み出している感覚があった。

——それからどれくらい時間が経っただろう。

ネタを書くことに没頭していた僕は、区切りの良いところで一息ついて顔を上げた。

すると、ガネーシャが新たに読み始めていた漫画のタイトルが目に飛び込んできた。

『こちら葛飾区亀有公園前派出所』

（おい――それは200巻まであるやつじゃないか！）

『こち亀』を読みながら「両ちゃん、毛濃すぎやで！」と普通に笑っているガネーシャを見ていると、自分の額にどんどん脂汗が溜まっていくのを感じた。

僕たちがコンビである以上、ネタが完成しても練習して合わせていかなければならない。

でも、ガネーシャとネタを練習する時間を作ることはできるのだろうか。

というか、そもそもガネーシャに「練習」という概念は存在するのだろうか――。

［ガネーシャの課題］

人の意見を聞いて直す

4

何度も修正を重ね、完成した台本を見てつぶやいた。

（よし、これだ……）

知り合いの芸人たちだけでなく、会社員時代の同僚にも見てもらった。お笑いに詳しくない人の意見は新鮮で鋭く感じられるものもあり、ネタの内容がどんどん良くなっていく手ごたえを感じた。

唯一残念だったのは、後輩のガツン松田に台本を見てもらえなかったことだ。同じ事務所の芸人の話によると、松田は体調を崩して入院しているらしい。見舞いに行ってやりたいと思ったけど、自分の置かれた状況を考えるとそんな余裕はなかった。

台本が完成したといってもまだ第一稿を書き終えただけで、これからガネーシャとネタ合わせをしながら細かく台詞を決めていかなければならない。何より『ガネちゃん勤ちゃん』はボケとツッコミの担当すら決まっていないのだ。

これは悩ましい問題だった。きっとガネーシャのことだから、

「当然、ワシがボケやで」

と言ってくるだろう。

僕もそうなることは覚悟しているものの、正直、気が乗らない部分もある。ツッコミはボケの面白さを引き立てる役だし、ピン芸人としての活動を選んだのも「面白い人」に見られたいからだ。

そのことを含め、ガネーシャと話し合わなければならないことがたくさんあるのだが、またもやガネーシャの姿がどこにも見当らない。

昨日、家を出ていったきり音沙汰がなく、ガネーシャの携帯電話に何度電話しても、

「ガネーシャですけど、御用のある方は……ちゅうても、お前みたいなもんが神であるワシに対して何の用があるんや、いう話やねんけどな。ワシとお前は完全な主従関係であって、お前はワシからの一方的な命令をただ黙って、ピ――――」

逆にピー音に黙らされるという、滑稽な留守番電話のメッセージが流れるだけだった。

「ああ、もう！　ネタ合わせはどうするんだよ！」

いら立って携帯電話をソファの上に放り投げると、幸子さんがぽっと頬を赤らめて言った。

「何の罪もない携帯電話に八つ当たりする勤太郎さん、素敵です」

幸子さんのこういう言葉にもなれてきた僕は言った。

「他にもなんかやろうか？　やさぐれた感じのこと」

「いいんですか⁉」

顔いっぱいに喜びを浮かべた幸子さんは、「何をやってもらおうかしら……」とそわそわしながら部屋中を動き回ったあと、冷蔵庫から冷えたビールを持ってきてうれしそうにグラスに注いだ。

「やっぱり、やさぐれ男と言えば『やけ酒』ですよね」

（真っ昼間からビール……）

僕は一瞬ためらったが、どのみちガネーシャがいないのでネタの練習をすることはできない。グラスを手に持つと「畜生！」と言って飲み干し、ドン！　とテーブルの上に置いた。すると幸子さんは、まるでアイドルのかっこいい仕草を見たような感じで、

「きゃー！」

と黄色い声を上げた。

――幸子さんは相変わらず謎のままだった。この人が僕にどんなマイナスの影響を及ぼしているのか、まだ何も分かっていない。ガネーシャに何度聞いても、「聞かん方がええでぇ」と意味深に笑うだけで教えてはくれなかった。

(思い切って、本人に聞いてみようか)

酒が入ったからだろうか、大胆な考えが頭をよぎった。僕は、それとなく話題を振ってみることにした。

「そういえば幸子さんって、僕とガネーシャがゴッド・オブ・コントの優勝を目指していることについてはどう思ってるの?」

すると幸子さんはすぐには答えず、立ち上がってベランダに続くガラス戸の前まで歩いていった。そして少しカーテンを開け、外を眺めながらつぶやいた。

「正直、複雑な気持ちです」

そして幸子さんは曇(くも)った表情のまま続けた。

「もちろん勤太郎さんには一生貧乏のままで――泥水をすすり霞(かすみ)を食べ続けて――いてもらいたいです。でも長年一緒に生活していると情が移ってしまって……」

相変わらずの、長年寄り添った夫婦みたいな発言だ。

僕は幸子さんにたずねた。

「ちなみに、僕が、その……万が一にも芸人として売れちゃったり、お金持ちになっちゃったりしたらどうなるのかな？」

すると幸子さんはこちらに振り返り、僕をにらみつけて言った。

「死にます」

（や、やっぱり――）

僕が身の危険を感じて蒼ざめていると、幸子さんは言った。

「あ、いえ。私がですよ」

「え……」

「貧乏神は、取り憑いた人が貧乏でなくなったら存在することはできませんから」

そう言うと、幸子さんは寂しそうな顔をしてうつむいた。

「で、でも、幸子さんがこの部屋にいるかぎり僕が売れることはないっていうか、お金持ちになることはないんだよね？」

「いえ、そんなことはありません」

それから幸子さんは剥がれかけた部屋の壁紙を手でもてあそびながら言った。

「よく貧乏神が家に憑くとその家はずっと貧乏のままだなんて言われますけど、それは誤解です。本当は、まず最初にその人に貧乏になる素質があって、貧乏神はその場所が心地良いから住んでいるだけなんです」

（なんだ、そうだったのか……。じゃあ僕が貧乏なのは、幸子さんのせいじゃないんだな）

僕は一瞬、ほっとしたが、

（――ってことは、僕には貧乏になる素質があるってことじゃないか！）

恥ずかしくなった僕は、思わず幸子さんにたずねた。

「ち、ちなみに貧乏になる人ってどういう特徴があるのかな？」

すると幸子さんは黙ってしまった。

「どうしたの？」

「いや、こういう話は企業秘密というか、あまり話してはいけないことになっているので」

「そうなんだ」

僕が残念そうにしていると、幸子さんが言った。

「知りたいですか」

「う、うん」

「じゃあ一つお願いがあるんですけど」

「なに？」

「……を」

「え？」

幸子さんの声が小さくて聞きとれなかった。僕が聞き返すと、幸子さんはうつむいて言った。

「……デートをしてもらってもいいですか」

*

外の冷たい空気は真近に迫った冬の到来を感じさせた。僕はジャンパーを羽織ってきたからそれほど寒さは感じなかったけど、幸子さんはそのままの格好で外に出てきていた。

「大丈夫？　寒くない？」

僕が心配して聞くと、

「これがあるので」

幸子さんは首に巻きついている長い髪を少し持ち上げた。

「あ、それマフラー代わりになってるんだ」

幸子さんは、うなずきながら言った。

「すみません、貧乏性で」

「え、いや……」

僕は首を振って言った。

「なんていうか、かなり斬新な発想だと思うよ」

それから僕たちは歩き出したが、しばらくすると幸子さんが申し訳なさそうに言った。

「大丈夫ですか?」

「何が?」

「それは……」

幸子さんは言いづらそうに言葉を口にした。

「私なんかと歩いてて」

最初は幸子さんが何を言っているのか分からなかった。しかし、しばらく歩いているいると、すれ違う人たちがチラチラとこちらに視線を向けていることに気づいた。

幸子さんの奇抜な格好を見ているのだろう。

僕は笑いながら言った。

「僕は気にならないっていうか、むしろ楽しいくらいだけど」

——それは本当のことだった。

僕はお笑い芸人なのについ常識的な発想をしてしまう。事務所のスタッフにも「西野は真面目すぎる」と注意されることがあった。そんな僕にとって、幸子さんの奇抜さはむしろ羨(うらや)ましいくらいだ。

僕の言葉を聞いた幸子さんは「良かった」と言って可愛らしく微笑(ほほえ)んだ。

それから僕たちは駅に続く商店街の中をたわいもない会話をしながら歩いていたが、突然幸子さんが驚いた表情をして立ち止まった。

「どうしたの?」

幸子さんは震える指で、お店の看板を指しながら言った。

「な、なんですかあのお店は——」

幸子さんの視線の先を見て、僕は笑いながら言った。

「ああ、あれは『１００円ショップ』って言ってね、あそこに置いてあるものは全部１００円……」

言葉の途中で幸子さんは僕の手を取って走り出していた。僕は幸子さんに引きずられるようにして店の中に入った。

＊

「す、すごい――」

店内に入った幸子さんは、まるで初めて遊園地にやってきた子どものように目を輝かせた。そして、一つ一つの品物を食い入るように見つめながら、

「これ、本当に全部１００円なんですか⁉」

と目を丸くして驚いた。

それから幸子さんは手に取った商品を僕に向けて言った。

「こ、こんなに大きい『すのこ』が１００円なんですか⁉」

「うん」

「この、『カッパえびせん』に似た、見たこともない珍しいお菓子も１００円ですか⁉」

「うん」

「書類をまとめておくプラスチックボックスがこんなに大量に……！　これも全部100円⁉」

「……」

わざとやっているんじゃないかと思うくらいのリアクションだったが、幸子さんは真剣そのものだった。

こうして幸子さんは100円ショップの店内を隅から隅まで歩き回り、商品を手に取ってはまじまじと眺め、驚いたり感心したりしてから、棚に戻していった。

「買わないの？」

幸子さんは、こくりとうなずいて言った。

「ウィンドウショッピングだけで十分楽しめますから」

（ど、どんだけ安上がりな人なんだ――）

あきれるのを通り越して感心すらしたが、さすがに何も買わないのも悪いと思い、

「欲しいものがあったら遠慮なく言ってよ。まあここにあるものだったら何でも買ってあげられるからさ」

と得意げに言うと、

「いりません！」

強い口調で否定された。

（急にどうしたんだろう。恵んでもらうみたいな感じで嫌だったのかな……）

そんなことを考えながらも、あんなに喜んでいたんだから何か買ってあげたいと思った僕は、トイレに行くふりをして幸子さんが欲しそうにしていたものを一つ買ってポケットにしまいこんだ。

こうして100円ショップを十分すぎるほど堪能した僕たちは、店を出て休憩することにした。

しかし、このあとのお店選びは予想以上に難航することになった。

幸子さんは店頭に出ているメニューを見ると眉間にしわをよせて、

「このお店は高すぎます！」

と文句を言い、

「勤太郎さんはコストパフォーマンスという言葉をもっと勉強してください！」

と怒られた（このとき、幸子さんのワンピースにプリントされた『CP』はコストパフォーマンスの略であることが判明した）。

こうして僕たちは迷った挙句、都内で一番値段が安いと評判のファミリーレストランに入ることになった。

店員に席を案内され、メニューを開きながら幸子さんにたずねた。

「そういえば幸子さんってご飯はいつ食べてるの？　ガネーシャはいつもあんなにバクバク食べてるのに幸子さんが食べてるのは見たことないいんだよね」

するると幸子さんは恥ずかしそうに言った。

「実は、私も少しずついただいてるんです」

「そうなの？」

「でも、食べ物ではありません」

「え？」

「私たち貧乏神は『やる気』をいただいているのです」

（ええ――）

幸子さんの言葉に背筋が冷たくなった。

――そうだった。図書館で読んだ本の中に、貧乏神は住みついた家の人たちのやる気を奪っていくと書いてあったのだ。

不安になった僕が幸子さんに怪しみの目を向けると、幸子さんは白く細い手を伸ばして僕の手の上に重ねた。すると、体が一瞬ぞくっとした。

「今、ご飯に対する『やる気』を少しだけいただきました」

「え……」

言われてみると確かにはっきりとした変化が起きている。僕はハンバーグ定食を注文するつもりだったのだけどなぜか食べたくなくなっており——その代わりに、うどんが食べたくなっていた。

幸子さんはメニューのカロリー表示を指差して言った。

「人間のやる気というのは『欲求』のことです。私は今、勤太郎さんの食欲を少しいただいたのです」

「てことは——」

僕は言った。

「幸子さんと過ごしていると——ダイエットになるってこと？」

「はい」

確かに、会社に勤めていたころは少しぽっちゃりしていたお腹も今はへこんで、やせ気味の体型になっている。収入が減って食生活が変わったからだと思っていたが、案外、幸子さんのおかげだったのかもしれない。

幸子さんは微笑(ほほえ)んで言った。

「私は今いただいた分でお腹いっぱいですから。貧乏神がすることってこれくらいなものですよ」

それから幸子さんは、貧乏になる人の特徴を教えてくれた。

「私たちが好きな人——つまり、貧乏になりやすい人というのは、貧乏神の中では一万八三一四通りに分類されていますが、大きく分けると三つになります」

（とんでもなくざっくり分けてきた——）

幸子さんの大胆な説明の仕方に衝撃を受けることになったが、

「何か書くものあります？」

と聞かれたので、持っていたペンを手渡した。すると幸子さんは、テーブルの上に置いてある紙ナプキンに絵や文字を書き始めた。

幸子さんが楽しそうに書いていく様子は幼い子どものようにも見えて微笑ましかった。

五分ほどで幸子さんは三つの絵を描き上げ、

「この三つは私が作った言葉なんですけど」

と楽しそうに笑いながら説明を始めた。

「まず『ドリーム貧乏』――略して『ドリ貧』ですが、この人たちは大きな夢を持っているものの、その夢に囚われるあまりお客さんのことが全然見えていない人たちです。お客さんから望まれていないことを頑なに続けているので、『イタい人』

なんて呼ばれることもありますね。フフフ」

幸子さんは、いたずらっぽい笑みを浮かべながらちらりと僕の方を見た。

「もしかして、僕はこのタイプだってこと？」

幸子さんは笑っているだけで何も答えなかった。

「じゃ、じゃぁ」

僕は幸子さんにたずねた。

「このタイプはどうすれば貧乏じゃなくなるのかな」

すると幸子さんは急に不機嫌になり、

「それは言えません」

と首を横に振った。ただ、僕に申し訳なく思ったのか、こう付け加えた。

「でも、他のタイプだったら教えてもいいです」

（それって結局、僕が『イタい人』だってことを言ってないか――）

軽くショックを受けたが、とりあえず他の貧乏になるタイプを聞いてみることにした。

「じゃあこの『ガネーシャ貧乏』――略して『ガネ貧』は？」

幸子さんは笑いをこらえながら「ガネーシャ様には内緒ですよ」と言って話し始

めた。

「ガネーシャ様は、目の前にある誘惑――たとえばタバコや甘いものを一切我慢できません。そういう人というのは、お金があればすぐに使ってしまうし、仕事でも大変そうなことがあるとすぐに避けてしまうので貧乏なことが多いです」

幸子さんの言葉に僕は大いにうなずいて言った。

「それはそのとおりだね。もしガネーシャが社会人だったら――というかそもそも仕事なんてできないと思う」

そして僕と幸子さんは、ガネーシャの普段の言動を思い出して笑い合った。こんなに心から笑ったのは久しぶりのことだった。ガネーシャにはいつもストレスをかけられまくっていたが意外な使い道があるものだ。

僕は笑いながら幸子さんにたずねた。

「ちなみに、そういうタイプの人はどうすれば貧乏じゃなくなるのかな」

「そうですね……」

幸子さんは、うつむきがちにぼそぼそと話した。

「目の前の誘惑を我慢できない人というのは……『楽しみは、あとに取っておいた方が大きくなる』という経験をしたことがないのでしょう。たとえば――お金を使わずに貯金できる人は、我慢強い人というよりはむしろ、通帳にお金が貯まっていくのを見たり、そのお金で買えるものを想像したりする楽しさを知っている人なんだと思います。結局、人は楽しいことしか続けることができませんから」

それから幸子さんは、顔を上げて僕を見た。
「でも私は、貯金がほとんどなかったり、ボロボロで汚い家に住んでる勤太郎さんみたいな人の方が好きですけど」

そして幸子さんは、うっとりした表情で言った。

「今私たちが住んでる部屋って、雨漏りするじゃないですか。それで水がバケツにトン……トン……って落ちる音を聞いていると心が落ち着くんですよね」

――何フェチなのかよく分からなかった。

それから幸子さんは僕の部屋の貧乏臭さをこれでもかというくらいホメてから、

「それでは、貧乏になる人の最後のタイプですが」

紙ナプキンに書かれた『お駄賃貧乏』を指差した。

「勤太郎さんは子どものころ、ご両親から『お使いに行ってくれたらお駄賃をあげる』とか『宿題をしたらお小遣いをあげる』とか言われたことはありませんでしたか？」

「言われたことあったけど、それがどうしたの？」

すると幸子さんは、にっこりと笑って言った。

「それが貧乏の始まりなんですよ」

幸子さんは続けた。

「そういう形でお金をもらってしまうと、『お金』＝『嫌な作業をするともらえるもの』という考えを持つようになります。しかも作業をする前からもらえる金額が決まっているので『いかに楽して作業を終わらせるか』ということばかり考える人になるでしょう。こうして子どものころにもらった『お駄賃』が、アルバイトの『時給』になり、会社の『給料』になります。すると給料の範囲内でしか仕事をしませんし、仕事をできるだけ減らそうと考えるので給料が増えることはありません」

確かに言われてみると、僕が会社に勤めていたときは「早く終わらないかな」とか「少しくらい休んでもバレないだろう」と考えてしまうことが多かった。それは、小学生のときにお使いの間に道草をしたり、宿題をやったふりをして遊びに行っていたのと変わらないのかもしれない。

「そういう人たちがお金持ちになるにはどうしたらいいんだろう?」

僕の言葉に幸子さんの表情が曇った。幸子さんに申し訳ない気もしたけど、好奇心をおさえきれず答えをせがんだ。

すると、幸子さんはため息をついてぼそりとつぶやいた。

「――『逆』にすればいいんじゃないでしょうか」

「逆?」

「はい。お金は『嫌な』作業をするともらえるものじゃなくて、『楽しい』ことをするともらえるもの。もらえるお金の量はあらかじめ決まっているのではなくて、お客さんを喜ばせた分だけもらえるもの、という風に」

「でも、そんなことできるのかな？」

僕は首をかしげながら幸子さんにたずねた。これまで仕事が楽しくないと思ってきた人が、急に考え方を変えるなんてできるのだろうか。

すると幸子さんは「これは本当に内緒なんですけど」と前置きをして言った。

「貧乏神の間に伝わる格言で『貧乏人にプレゼントをさせるな』というものがあります。プレゼントというのは自分でお金を出して相手を喜ばせようとする——仕事とは逆の行為です。でも、プレゼントをして相手を喜ばせる経験をすれば『自分以外の誰かを喜ばせることは楽しい』と感じられるようになるからです」

幸子さんの話を聞きながら、僕は１００円ショップの出来事を思い出していた。幸子さんが物をもらうのをあんなに嫌がったのも、このことが理由だったのかもしれない。

（じゃあ、これは渡さない方がいいんだな……）

ポケットの中にある１００円ショップで買った商品を握りしめた。すると突然、幸子さんがゴホッゴホッと咳込みだした。

「だ、大丈夫？」

僕が声をかけると幸子さんは何も答えずにこちらを見た。そのとき幸子さんは、今まで見たことのないくらい寂しそうな表情をしていた。

「お金持ち、なりたいですか？」

突然の言葉にドキッとした。何と答えていいか迷っていると、幸子さんはぽつりとつぶやいた。

「でも、お金持ちになったからといって幸せになれるかどうかはまた別の話ですよ」

それから幸子さんは僕の目の前にあるグラスを、まるで子猫でも扱うかのように両手で包み込み、優しくなでた。

それは、２７０円の、ドリンクバーのグラスだった。

［金無幸子の課題］

楽しみをあとに取っておく訓練をする
プレゼントをする

5

ゴッド・オブ・コント一次予選の会場で、僕は頭をかきむしっていた。もう、頭がおかしくなりそうだった。いや、実際には少しおかしくなっていたかもしれない。

驚くべきことに——。

僕がネタの台本を完成させたあの日から姿を消していたガネーシャは、そのまま一週間以上も部屋に戻ってくることはなく、今日の一次予選会場にもまだ到着していないのだ。

その間、僕の携帯電話には消費者金融から支払いの催促が何度もあった。本で読んだ知識で対応したものの、知っているのと実際にやってみるのとではわけが違う。電話を切ると、携帯電話を持っている手が冷汗でびっしょりと濡れていた。

こんな生活を、僕はいつまで続けなければならないのだろう。

「ガネーシャ様がこのような行動をお取りになられているのは、きっと何か考えがあってのことだと思います」

応援で来てくれていた幸子さんはそう言って慰めてくれたが、さすがにもう手遅れだ。

ガネーシャが会場に到着したところで一度もネタ合わせができていないのだから、一次予選突破は絶望的だった。

「トイレ——行ってきます」

力の入らない声で幸子さんにそう言って立ち上がった。

今日何度目なのか分からないトイレに向かいながら、僕の頭の中では同じ言葉がぐるぐると回っていた。

(やっぱり僕は、お笑いをあきらめて就職し直した方がいいのかもしれない。今からどんな仕事が見つかるか分からないけど、会社で真面目に働けば返せない金額じゃない……)

今、自分を取り巻く状況のすべてが、これ以上お笑いを続けるべきではないと言っているような気がした。

そんなことを考えながら肩を落として歩いていると、会場の片隅から大声で談笑する声が聞こえてきた。聞き覚えのある声だった。

「なんや自分、えらい自信やないか。そんなこと言うてあとから泣きついてきても知らんで」

「そういうガネーシャ様こそ優秀な相方は見つかったんですか？　なんでも最初は赤子を相方にしようとしていたとか」

「せやねん。結局、人間の相方なんてワシの足引っ張るだけやから、しゃべれへん赤ん坊にしとけば邪魔せえへんかな思てな。でもワシが唯一見落としてた点は、赤ん坊て――泣くねんな」

「泣きますね」

「黙れ言うても黙れへんねん」

「黙りませんね」

「結果、一番邪魔すんねん」

「確かに」

「そんで今の相方見つけたんやけど、まあそいつとワシは阿吽の呼吸ちゅうんかな、ワシが何も言わんでも全部分かってくれてるちゅうか、もうこいつとやったら一生やっていける……ってウソや！　ワシの相方お前だけや、釈迦ァ！」

「もちろん私もですよ！　ガネーシャ様ァ！」

「釈迦ァ！」

「ガネーシャ様ァ！」

「釈迦ァ！　お前に比べたらワシの相方なんてゴミや！　お前を『太陽（たいよう）』にたとえるなら、ワシの相方は『潰瘍（かいよう）』や！　早急な治療が必要や！」


「治療が必要なのはお前じゃぁ！」


ガネーシャの胸ぐらをつかんだ僕は、我を忘れて叫んだ。

「い、今までどこにいたんですか！　ぼ、僕は、何度も電話したんですよ！」

するとガネーシャは、しれっとした顔で言った。

「ちょっとハワイ行っとってん」

「ハワイ⁉　なんで⁉」

「いや、ハワイにおるワシのファンがな、ちょっとした『ガネーシャ祭』やるちゅう話聞いてな。ほら、ワシってインドじゃ有名やけど、ハワイでの認知度はまだまだやん？　せやからテコ入れしよ思て行ってきたんやけど、行ったら行ったで、やれサーフィンやら、ロミロミやら、ＤＦＳ（デューティフリーショップ）やらで気づいたらこんな時間になってもた。でもこれはワシのせいやないで。ハワイが——あまりに魅惑的な島やからあかんのや」

　そしてガネーシャは真っ黒に日焼けした手を前に出し、

「お土産やで」

と何かを渡してきた。

　見ると、手のひらサイズのガネーシャの置物だった。

　僕は、その置物を手に乗せたまま——ガネーシャの頬を張った。

渾身（こんしん）の力で張った。

　置物の痕（あと）をくっきりと頬に残したガネーシャは、目に涙を浮かべて言った。

「自分何すんのん！　神様に向かって何すんねんな！　ほら、釈迦も！　釈迦も何か言うたって！」

　すると、ガネーシャの隣にいた袈裟（けさ）姿の初老の男は、手をポキポキと鳴らしながら言った。

「おい貴様、人間の分際で神を愚弄（ぐろう）すると……グブボッ！」

　僕は見知らぬ男の腹を拳（こぶし）で打ち抜くと、再びガネーシャの胸ぐらをつかんだ。

「……ふざけないでくださいよ。こっちは人生賭けてやってるんですから」

「ちゃ、ちゃうねん、勤ちゃん。ワシ、ハワイで遊んでただけやないねん」

涙目のガネーシャはポケットから数枚の紙を取り出した。

「こ、これ見て」

「何ですか?」

「ワシ、ガネーシャ祭見てたらな、ごっついネタ思いついてん。やっぱりワシの原点てゾウやん? 言うても、ワシ、ゾウやん? せやからその強みをな、最大限活かしていかなアカンて思たんや」

ガネーシャの言葉に全身の血が逆流するかと思うくらいの怒りが込み上げてきた。

「じゃあ、僕が必死に作ってきたネタはどうなるんですか!?」

「と、とりあえず見るだけ見てや。ほんまに、ごっついネタやから」

僕はまったく納得がいかなかったが、ガネーシャがしつこく食い下がってくるので、ネタの書かれた紙を乱暴に奪い取った。

＊

(どうしてこんなことになってしまったんだ――)

舞台袖の暗がりで、僕は呆然としたまま立ち尽くしていた。

結論を言うと、『ガネちゃん勤ちゃん』はガネーシャの書いたネタをやることになったのだ。

もちろん不安はあった。いや、不安だらけだった。

しかし、それ以外の選択肢がなかった。

僕が書いたネタをガネーシャに覚えさせるにはあまりにも時間がなさすぎたし、ガネーシャの書いたネタであればガネーシャの頭に入っているから、そこにツッコミを入れていけばネタとして成立する可能性があった。

でもそれはあくまで「成立」するというだけの話であって、こんなやり方で一次予選を突破できる可能性はほとんどないだろう。

唯一運が良かったのは、ガネーシャが書いてきたネタに近い設定のコンビがいたことだ。彼らに頼みこんで衣装を借り、なんとか人前で見せられるネタにはなりそうだった。

（ああ、もうやるしかない！）

自分たちの番が近づいてくると、膝が震え始めた。でも僕は、

（緊張したときは体の動きを変えるんだ）

と頭の中で繰り返し、足を一歩前に踏み出した。

そして、ついに、運命の時間はやってきた。

ステージがライトで照らされ、司会者がマイクに向かって叫ぶ声が会場に響き渡った。

「それではエントリNO．２４１１『ガネちゃん勤ちゃん』！」

＊

「『Bar（バー）エレファント』……こんな場所にBarなんてあったっけ？　まあ時間もあるし入ってみるか……っておわぁ！」

「いらっしゃいませ」

「ゾウが、ゾウがしゃべってる……」

「お客さん当店は初めてですか？」

「は、はい」

「実は当店、普通のBarじゃないんですよ」

「いや、それはもう、一目瞭然（いちもくりょうぜん）というか」

「あ、分かります？　実はこの店、ゾウによる、ゾウ好きのためのBarなんですよ。それではこちらの席にどうゾウ」

「……。」

「常連のお客さんは今の『どうゾウ』で小一時間ほど爆笑されますけどね」

「は、はぁ……」

「まあ徐々にツボに入ってくるとは思いますけど。それではお客さん、ご注文はいかが致しましょう？」

「じゃ、じゃあとりあえず『生』を」

「かしこまりました。ただ、『生』ですとウチの場合これになっちゃいますけど大丈夫ですか？」

「……何ですか、これ？」

「ゾウのウンチです。生の」

「ええ!?」

「私がさっき出したばかりのやつですから新鮮ですよ。しかも、今キャンペーン期間中なんで20％増（ゾウ）量中です」

「こんなのいりませんよ！　早く下げてください！」

「『生』、お気に召しませんか？」

「当たり前でしょう！　もう『生』はいいんで、カクテルとかないんですか？」

「だとしたら当店オリジナルカクテルの『ソルティ・エレファント』はいかがでしょう？」

「それでいいです。それお願いします」

「こちらになります」

「……ちゃんとした飲み物あるじゃないですか。ちなみに、これ何が入ってるんですか?」

「はい。こちらのカクテルはソルテイ・エレファントの名前どおり、ゾウの塩が入っています。具体的にいうと、私の汗ですね」

「ええ⁉」

「こちらも今キャンペーン期間中なんで、ソルティ部分が20%増量中です」

「だからそのキャンペーンいりませんから！　普通の飲み物ないんですか⁉」

「普通の飲み物というと、ジントニックくらいしかありませんが」

「それ出してください！」

「かしこまりました」

「ちょっとちょっと!」

「何か?」

「いや、今鼻から出しましたよね？」

「それが？」

「『それが？』じゃなくて。鼻水とか混ざりませんか？」

「むしろ混ぜる方向でやってますけど」

「だから、なんでさっきから自分の体内のものを客の口に入れようとするんですか！」

「常連様はむしろそこが『たまらない』と言われますが」

「僕はそういうのいりませんから！　ゾウの体液が入ってないやつお願いしますよ！」

「それだと、こちらしかないですね」

「なんですかこれ？」

「雑煮（ゾウ）です」

「……」

「お気に召さないなら他のものを……」

「いや、もういいです。雑煮で結構です。……なんでBarで雑煮食べなきゃいけないんだよ。ていうか、さっきからめちゃくちゃ暑くないですかこの部屋」

「すみません、ウチの店、温度設定をアフリカのサバンナと同じにしてあるんですよ」

「暑すぎだろ！」

「すみません、私がアフリカゾウなばっかりに……。よくインドゾウと間違われるんですけどね。インドア派だからかな？」

「知りませんよそんなこと！」

「一つ、お話をしましょうか」

「何なんですか突然」

「いや、私の話、聞くと涼しくなるって評判なんですよ。『Barエレファント』の名物なんでぜひ聞いていってください」

「……じゃあお願いします」

「お客さん、『ゾウの墓場』をご存知ですか？」

「『ゾウの墓場』？　ああ、聞いたことありますね。ゾウには決まった死に場所があって、死期が迫ったゾウは群れを離れてそこに行くという話ですよね」

「ええ、そうです。ただ、あのゾウの墓場というのは、実はハンターたちが自分たちの密猟を隠すために、殺したゾウを一か所に集めて埋めていたんです」

「へぇ……」

「実は……これは本当に起きた事件なのですが……あるとき、アフリカで密猟をしていたハンターが行方不明になりました。そしてそのハンターを捜索に行った別のハンターも姿を消し、どんどんハンターたちが行方不明になっていったんです。そこでいよいよアフリカ軍の捜索隊が出動して彼らを探したところ――」

「どうなったんですか？」

「姿を消したハンターたちの死体が……まるでゾウの墓場のように一か所に集められていたんです。そしてハンターたちの心臓、腎臓、肝臓、膵臓……内臓という内臓が外に飛び出していたのです！　これはゾウの呪いに違いないという噂が広まり、事件が起きた雑木林にはゾウの憎悪を鎮（しず）めるためにお地蔵様が置かれました。そして私はこの話を、半蔵門線沿線に住む増田（ますだ）さんから聞いたのです！　ゾウリムシ研究家の！」

「あの……これ何の話ですか？」

「Barエレファント名物、『ゾーっとする話』です」

「――すみません、お会計してください」

「もうお帰りですか？　それではお会計１５００円と……こちら、キャンペーン期間中なんで当店からの贈（ゾウ）答品になります」

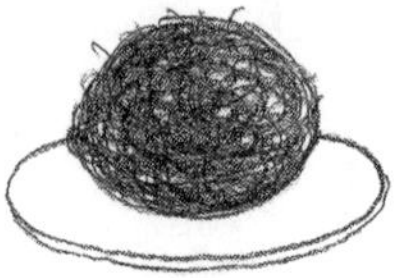

「いるかこんなもん！」

＊

（ふう……）

舞台が暗転した瞬間、僕は安堵のため息をついた。

かなりの部分アドリブになったけど、普段からガネーシャにツッコミを入れている甲斐あって、自然な流れで台詞を口にできた気がする。

また、実際にツッコミをやってみるとピン芸人のときとは違った快感があった。ガネーシャの面白さに的確なツッコミを入れてウケたとき、自分とお客さんが一体になる感じがした。

「ええツッコミやったで」

舞台から降りたガネーシャが、僕の肩に手を置いた。

ネタが始まるまではガネーシャに対する怒りで腸が煮えくり返っていたけど、二人で一つのことをやり遂げたあとはすがすがしい気持ちになっていた。これもピン芸人のときには味わえなかった感覚だ。

僕がびっしりとかいた汗をぬぐっていると、ガネーシャは言った。

「自分、藤子・F・不二雄くん知ってるか?」

「え、ええ。『ドラえもん』の作者ですよね」

「そうや。その不二雄くんが『ドラえもん』思いついたんは、締切りの日の朝やったんやで」

「え? そうなんですか?」

「そうやねん。やっぱり人間ちゅうのは、追い込まれると思いもよらん力発揮するもんやなぁ。自分も、さっきの舞台の集中力すごかったやん」

「あ、ありがとうございます」

普段めったにホメてくれないガネーシャの言葉に、僕はうれしくなった。こうやって気遣ってくれるなんて、ガネーシャの中にもコンビとしての自覚が芽生え始めているのかもしれない。

しかし、その考えは完全な間違いだった。

ガネーシャは言った。

「しかしなんちゅうても、すごいのはワシやね。この締切りギリギリの状況で最高のネタ書いてきよった。さすがワシや。さすガネーシャや」

そしてガネーシャは、ハッと思いついたように顔を上げて言った。

「『さすガネーシャ』ってええな」

そしてガネーシャは僕を急かして言った。

「なあ、自分のメモ帳に『さすガネーシャ』ってメモっといてや」

僕が無視すると、

「メモっといてや」

「メモれや」

「メモらんかい」

「これは神様命令やで！」

だんだん口調が荒くなっていった。

僕がしぶしぶ「さすガネーシャ」とメモ帳に書き込んでいると、会場の方からドッと大きな笑い声が聞こえてきた。

そういえば今日はずっとガネーシャが来ないことに焦らされていたので、他のコンビのネタをまともに見ていない。

ガネーシャと観客席に向かうと、舞台の上にいたのは、ガネーシャと仲良く話していた初老の男のコンビだった。

どうも彼らのネタは、合コンに釈迦が紛れ込んでいるという設定のようだ。

「お前、合コン中に『断食』って何しに来たんだよ！」
釈迦の姿をした男に、小気味良いツッコミが入っている。
このコンビは会場を大いに沸かしていたが、ガネーシャは彼らのネタには一切笑わず、鋭い視線で舞台をにらみながら言った。
「勤ちゃんよう見とくんやで。あのコンビがワシらとゴッド・オブ・コントの決勝戦で当たることになる『シャカリキーズ』や――」

（いや決勝戦って、僕たちはまだ一次予選を通過できたかどうかも分からないですけど——）

そんな言葉が出かかったが、せっかく温まってきたコンビ熱を冷まさないように話を続けた。

「そういえば、あの人はさっきガネーシャさんとしゃべっていた人ですよね」

「そやで」

ガネーシャはうなずいて言った。

「あいつはワシのダチの釈迦やねん」

「釈迦……」

改めて僕は舞台上の男を見た。

（ま、まさか……）

僕は震える声で言った。

「まさか、あの人、本物のお釈迦さま……」

「そうや。その釈迦や」

そしてガネーシャは視線をさらに鋭くして言った。

「せやからあいつの演じる釈迦は——リアルなんや」

（い、いやまさか……。でも、ガネーシャの言ってることが本当だとしたら……さっき思い切りグーでパンチを食らわせてしまいましたけど――）

唖然とする僕の横で、ガネーシャはゆっくりと語り出した。

「今まで変なプレッシャーになったらあかん思て勤ちゃんには言うてなかったけどな、実はこの大会には、世界中の神々が参戦してきてんねや」

「ええ⁉」

僕は驚いて声を上げてしまい、あわてて自分の口を塞いだ。ガネーシャは続けた。

「最近、神々の間でちょっとした揉め事があってな。『よく人間が【笑いの神様】て言いよるけど、そもそもあれ誰のこと指してんねん』て言い合いになったんや。それで神様ん中で一番面白いやつ決めようちゅうことになってな。コントやったらどの神様もそのままの姿で出られるしな。せやから『人間の相方を見つけて出場する』ちゅうルールで、自分こそが【笑いの神様】やと自負する神々がゴッド・オブ・コントに出場して決着をつけることになったんや」

そしてガネーシャは僕に顔を向け、くわっと目を見開いて言った。

「せやから今年のゴッド・オブ・コントは、ただのコント大会やない。神々の中で一番おもろい神様を決める――リアル・ゴッド・オブ・コントなんや！」

「リアル・ゴッド・オブ・コント……」

「せやから絶対に負けるわけにはいかんねん。これまでワシが欲しいままにしてきた【笑いの神様】の称号は誰にも渡すわけにはいかんねん！　この戦い、ワシにとってはある意味防衛戦なんやで！」

鼻息荒く語るガネーシャの横で、いよいよ何がなんだか分からなくなってきた僕は
（普通の生活に戻れる日はもう来ないのかもしれない――）

放心状態のまま虚空（こくう）を見つめていた。

［ガネーシャの課題］
締切りをつくる

6

「それでは、一次予選突破を祝って、乾杯！」

僕の掛け声に合わせて、みんな一斉にグラスを掲げた。

僕たちのコント『Bar エレファント』に対する周囲の評価を聞いたところ、特に面白がられていたのはガネーシャのゾウの頭だった。通常のコントの被(かぶ)り物のレベルをはるかに超えた造形が特殊メイクだと思われたみたいだ。確かに、ガネーシャのあの姿を初めて見た人にとっては衝撃的だったろう。

ちなみにゴッド・オブ・コントでは、決勝戦までずっと同じネタを使うことができる。

今回のネタを改良して磨き上げれば、かなりイイ線までいくことができるかもしれない。ゴッド・オブ・コント優勝というあり得ない目標に、初めて一寸の光が差し込んだ。

しかし、楽しくなるはずの祝賀会にもいまいち乗り切れない僕がいた。

それは、今、僕の部屋にこの男が来ているからだった。

「私、お釈迦様の大ファンなんです！」

幸子さんが釈迦に身体を密着させるようにして言った。

「オールシーズン袈裟一枚っていうお釈迦様のスタイル、男らしいですよね」

「いやいや、それほどでも」

釈迦は頭をかきながら照れるように言った。幸子さんはさらに興奮して続けた。

「それに、もともとは貴族だったのにこんなに貧乏になられるなんて……その落ちぶれっぷりは貧乏神の間でも伝説になってるんですよ。そのお釈迦様にお会いできるなんて、幸子、幸せです」

「いやははは……」

釈迦もまんざらでもなさそうに笑った。いつのまにか釈迦の手が幸子さんの腰に回っている。

（なんなんだこいつは！　人間の煩悩（ぼんのう）を否定してるくせして、煩悩丸出しじゃないか！）

するとと釈迦は、勝ち誇った顔を僕に向けてぽつりとつぶやいた。

「あなたから受けたパンチの重み、忘れていませんよ」

（くそー！　この男は幸子さんをどうするつもりなんだ⁉）

僕と釈迦がにらみ合っていると、ガネーシャが言った。

「そういえば釈迦、ゴッド・オブ・コントにエントリーしてる他の神々の情報はつかめたんかいな？」

「はい」

釈迦は、着ている袈裟の奥からメモ帳のようなものを取り出して読み上げ始めた。

「やはり神様界でもメジャーどころは出場していますね。抽象性と芸術性の高いコントで評価を受けているのがキリスト率いる『アーメンズ』。その他では、肉体美を売りにするゼウスの『ヒゲマッチョ』、ハイテンションな漁師コントが特徴的なポセイドン率いる『ポセイ丼』が有力です。また、ホームの日本勢もあなどれません。お稲荷（いなり）の『赤いキツネ』、弁才天の『便座シスターズ』、大黒天の『ビッグブラック摩季』、布袋（ほてい）の『寅泰（ともやす）』は勢いがあります」

（神様たちのコンビ名、適当すぎないか――）

僕はあっけにとられていたが、釈迦は真剣な表情になって言った。

「ただ今回一番のダークホースは何と言っても――『死神』でしょう」

「死神⁉」

僕は思わず声を上げてしまった。ガネーシャも幸子さんも驚いた表情をしている。

ガネーシャは言った。

「死神が出てくるっちゅうことは、その相方の人間、死にかけとるっちゅうことやろ？」

釈迦はゆっくりとうなずいた。

「死神はもともと地位の高くない神。だからこそ、今回のゴッド・オブ・コントでその名を轟(とどろ)かせようと勝負に出ているのでしょう」

ガネーシャは落ち着きのない声で言った。

「で、どうなんや死神の実力は」

すると釈迦は深刻そうな顔で言った。

「一次予選を見ましたが、正直、『シャカリキーズ』を上回るウケでした」

「な、なんやて――」

ガネーシャは驚きのあまり口を大きく開けたが、そのままゆっくりと口を閉じ、そしてまぶたまで閉じてしまった。

「ど、どうしたんですか？」

僕がたずねると、釈迦が「しっ」と言って人差し指を口にあてた。

「ガネーシャ様は、ショックが大きすぎると寝てしまうことがあるのです」

(それって完全な現実逃避じゃないか――)

ガネーシャの精神の未熟さにはあきれるばかりだったが、そのうちガネーシャは
ぐおぉぉぉぉ！

と大きないびきをかき始めた。

すると幸子さんはガネーシャの隣に行き、そっと横にすると上から毛布をかけた。

(幸子さんは優しいなぁ)

その様子をうっとりして眺めていると、突然釈迦が言った。

「幸子さん、この男が幸子さんのお尻を見ていますよ」

「きゃっ」

幸子さんは手でお尻を隠して、

「勤太郎さん！」

とこちらを振り向いた。

「み、見てないよ！」

僕はあわてて否定したが、釈迦が続けざまに言った。

「見てました。凝視(ぎょうし)していました」

「見てないって！　適当なこと言うなよ！」

「黙らっしゃい！　このお尻凝視野郎！」

「な、なんだと！」

「ちょっと、やめてください二人とも」

幸子さんが間に入ってくれたので場は収まったが、釈迦に対する僕の敵意はますます大きなものになった。

（こんなやつに幸子さんは絶対渡せないぞ……）

*

あくる日、窓から差し込んできた強い日差しで目を覚ました僕は、

（しまった！）

とあわてて飛び起きた。

昨晩、釈迦と幸子さんを二人きりにしないために何度も襲ってくる睡魔と闘い続けたのだけど、いつのまにか眠ってしまっていたのだ。

顔を上げて部屋を見回すと、そこで目にした光景に卒倒しそうになった。

釈迦と幸子さんが寄り添うように眠っており、釈迦の右手が幸子さんのお尻の上に置かれていたのだ！

（しゃ、釈迦のやつ、何考えてんだ！）

僕はそっと近づいて、釈迦の手をつまみ上げて下ろそうとした。しかし釈迦の手はぴくともしない。

すると、釈迦が細い目をゆっくりと開き、鋭い眼光で僕をにらみつけてきた。

（こ、こいつ——起きてるのか⁉）

僕は全力で釈迦の手を引っ張った。しかし、釈迦もその場所から手を動かすまいと力を入れてきた。こうして幸子さんのお尻の上で僕と釈迦の手がぷるぷると震え続けていた。

「ん……」

幸子さんが目を覚ますのと同時に、釈迦はさっと手を引いた。釈迦の手を引っ張っていた僕は、突然力を抜かれて「おわぁ！」と尻餅をつくように転がった。

「どうされたんですか？」

幸子さんは目をこすりながら体を起こした。

僕はあわてて、

る。

「な、何でもないよ」

とごまかした。釈迦を見ると何事もなかったかのように肘枕のポーズを取ってい

その姿を見て幸子さんが言った。

「朝一番にこのポーズが見られるなんて、幸子――幸せです」

「いやははは。幸子さんがお望みならいつでもこの姿をご披露しますよ」

そして釈迦は、そのポーズのまま僕の方を見てにやりと笑った。

（いちいちムカつくやつだ――）

そう思いながら釈迦をにらみつけていたが、幸子さんの口から飛び出した言葉に

いよいよ僕の心はざわつき始めた。幸子さんは言った。

「そういえば、今日はお釈迦様がどこかに連れて行ってくれるんですよね」

なんと釈迦は、僕が眠っている間にデートの約束までしていたのだ！

釈迦は余裕の笑みを浮かべて言った。

「『ハローワーク』なんていかがですか？」

「『ハローワーク』!?」

幸子さんの声が興奮のあまり裏返った。

「私、『ハローワーク』一度行ってみたかったんです！」

釈迦のやつ、幸子さんの好みまでおさえてきている——。

「ぼ、僕も行ってもいいですか」

僕が強引に会話に割り込むと、釈迦は笑いながら言った。

「ほう。お笑い芸人を廃業されるということですね。それは賢明な判断です」

自分のこめかみのあたりの血管がピクピクするのが分かった。

しかし幸子さんが、

「勤太郎さんも一緒に行っていただけるなんて、楽しそうですね」

そう言ってくれたので、込み上げる怒りを鎮めながら玄関に向かった。

そして僕が釈迦とそんなやりとりをしている間も、部屋にはガネーシャの巨大ないびきが響き渡っていた。

＊

ハローワークにやってくるのは会社を辞めたとき以来だった。失業保険をもらうために通っていたのだけど、最初この場所に足を踏み入れたときは、後ろめたい気持ちがしたのを覚えている。

しかし改めて来てみると区役所みたいで清潔な雰囲気だし、職員の人も親切そうで、

（意外にいい場所だな）

と感じた。

そして、それは幸子さんも同じ気持ちだったようで、

「想像していたよりも、私好みの場所ではないですね」

と少しつまらなそうにしていた。

（よしよし。釈迦は場所選びを間違えたようだ）

釈迦がどんな顔をしているのか見てやろうと思ったが、さっきまで一緒にいたはずの釈迦がどこにもいない。

（あいつ、どこ行ったんだ？）

不思議に思ったが、邪魔者がいなくなるのならそれに越したことはない。

「幸子さん、釈迦のことなんて放っといてどこかに――」

しかし、隣を見ると幸子さんまでいなくなっている。

（ま、まさか！）

釈迦と幸子さんが二人きりになっているんじゃないかと焦って周囲を見回すと、幸子さんは少し離れた場所の壁際に一人で立っていた。

僕はほっと胸をなでおろし、幸子さんのそばに行ってたずねた。

「何してるの？」

幸子さんは何も言わず、自分の視線の先を指差した。そこにはハローワークの窓口で職員にクレームをつけている男がいた。

幸子さんはうれしそうに言った。

「あの人、きっとこれからも貧乏ですよ」

「どうしてそんなことが分かるの？」

「だって、あの人は気持ち良さそうに人を責めてるじゃないですか。人を責めたり批判したりすることが好きな人って、他人が不幸になることを望んでいる人ですから。そういう言葉を口にすればするほど、貧乏神はその人に近づいていきたくなるんです」

そして幸子さんは続けた。

「『言葉』というのは、その人の一番最初の行動ですからね。私たち貧乏神は人間を見るときは言葉に注目するのです」

「なるほど……」

僕はうなずきながら言った。

「じゃあ、逆に人をホメる人はどうなの？」

すると幸子さんはフフッと笑って言った。

「人をホメる人でも貧乏な人はたくさんいますよ。たとえば相手をコントロールしたくておべっかを言ったり、ただ嫌われたくないという理由だけで人をホメる人は貧乏な人が多いですね」

「ということは、相手のことを考えてホメられる人はお金持ちになれるってこと？」

僕が突っ込んで聞くと、幸子さんはムスッとした顔をして言った。

「……そういうことになりますね」

「じゃあ貧乏神から特に嫌われるホメ方は？」

さらに質問を重ねると、幸子さんの機嫌がいよいよ悪くなってきた。僕は、

「べ、別にあんまり知りたいわけじゃないんだけど……」

と弁解したが、幸子さんはふうとため息をついて言った。

「貧乏神から嫌われるのは『他の人が気づいていない長所をホメる』という行動です。そういうホメ方をされてうれしくない人はいませんから」

そして幸子さんはうつむいてしまった。僕は幸子さんが明るくなるような話題に切り換えた。

「あ、あと、他に貧乏神に好かれそうな人はこの場所にいるのかな？」

幸子さんは顔を上げて周囲を見回した。そしてある人のところで視線を止めると目を輝かせた。

「あの人です」

その人は職員と話しながら、ずっと不機嫌そうな表情を浮かべていた。

「どうしてあの人が貧乏神に好かれるの？」

「それは、あの人が『お客さん』になっているからですよ」

「お客さん？」

「はい」

幸子さんはうなずいて続けた。

「多くの人が、お客さんというのは単純に『お金を払う人』だと思っていますが、それは違います。たとえばお金を払って食べ物を買ったとしても、店員さんに『ありがとう』とか『おいしかったです』とか声をかける人は、相手を喜ばせています。そうではなくて、『お金を払っているんだから喜ばせてもらって当然』と考えて偉そうな態度を取る人が『お客さん』なんです」

　そして幸子さんはフフフと笑った。

「だからよく『お金持ちになって南の島でのんびり暮らしたい』なんて言う人がいますけど、そういう人は意外と貧乏神に人気があったりするんですよ。だって、その人は結局『お客さん』になることを目指しているわけですから」

（なるほどなぁ）

　感心しながら話を聞いていると、幸子さんは言った。

「あれ？　そういえばお釈迦様の姿が見当たりませんね」

　釈迦のことを思い出したのが気に食わなかった僕は、ぶっきらぼうに言った。

「自分から『ハローワーク』を案内するなんて言い出したのに、僕らをほっといてどこに行ってるんだろうね」

　すると幸子さんが突然、

「あ！」

　と声を上げたので、僕は幸子さんの視線の先を見た。そして、

「ええっ⁉」

　と僕まで声を上げてしまった。

なんとハローワークの入口に人だかりができており、その中心に釈迦がいたのだ。

(なんだなんだ?)

僕が驚いていると、

「あれは、辻説法(つじせっぽう)だわ!」

幸子さんがそう言って走り出した。

「つ、辻説法?」

僕はあわてて幸子さんのあとを追った。

*

太陽が少しずつ雲に覆(おお)われ、あたりは薄暗くなっていった。

気温がぐっと下がったように感じたが、袈裟一枚の釈迦は石段の上に立ち、周囲を取り囲んでいる人たちに対して語り続けた。

「昔、このようなことがあった。自分の子どもを病気で亡くしてしまった母親が、子どもの亡骸(なきがら)を抱えて、

『この子の病を治してほしい』

と訪ね歩いていた。子どもはもう亡くなっているから誰も治すことはできない。しかし母親はあきらめず、私のところに来て言った。

『この子を治してください』

私は、

『分かった』

と答え、母親にこう告げた。

『この子の病を治すには芥子（けし）の実がいる。町に出て四、五粒もらってくるがよい。しかし、その実はまだ一度も死者の出ていない家からもらってこなければならない』

そのことを聞いて喜んだ母親は人の家を渡り歩いた。その結果、母親は子どもを生き返らせようとは思わなくなった。なぜなら、芥子の実はすぐ手に入れられたが――死者の出ていない家を見つけることはできなかったからだ。すべてを悟った母親は、子どもの躯（むくろ）を墓所に置き、私の元に来て弟子となった」

そして釈迦は観衆の一人一人に語りかけるように言った。

「なぜ職を失うことが苦しいのか。それは、『自分だけが苦しんでいる』と考えるからだ。しかし、周りを見てみなさい。多くの者が職を失って苦悩している。そして、職を失った者だけではない。今、職を持っている者たちも、また同じように、いつか収入を失うかもしれないと怯え苦しんでいるのだ。苦しみを持たない人間はいない。そのことを決して忘れてはいけないよ」

聴衆たちは皆、釈迦の話に大きくうなずいていた。中には涙を流している者すらいた。

釈迦は、僕と幸子さんの存在に気づくと、

「今日の話はこれまで」

と言って石段を降り、頭をかきながらこちらへ向かってきた。

「すみません。迷える者たちを前にするとどうしても言葉があふれてきてしまって」

すると幸子さんは首を振って言った。

「いえ、説法しているときのお釈迦様、すごくカッコ良かったです」

「いやははは」

釈迦は照れた表情で笑った。そしてちらっとこちらに視線を向けると口元に笑みを浮かべた。

（まさか、ハローワークに来たのは、こうやって自分のカッコ良いところを幸子さんに見せつけるために――）

釈迦の用意周到さにがく然としていると、釈迦は勝ち誇った顔で言った。

「そういえば西野さん、新しい仕事は見つかりましたか」

僕は釈迦をにらんで言った。

「僕は仕事を探しに来たわけじゃありません。お笑い芸人ですから」

「ほう」

釈迦はアゴに手を添えて言った。

「じゃあちょうど良いじゃないですか。こんなに人が集まっているんだから、一つネタでも披露（ひろう）してくださいよ」

（こ、こいつ――）

唇を噛みながら周囲に集まっている人たちを見た。年齢層もバラバラで、重い雰囲気の漂うこの人たちの前でネタをやってもウケるとは思えない。

僕が言葉を返せずにうつむいていると、釈迦は言った。

「まあ、ゴッド・オブ・コント二次予選落ちが確定している西野さんには厳しいかもしれませんねぇ」

（な、なんだとこのやろ――）

頭に血が昇った僕は思わず、

「や、やりますよ。やってやろうじゃないですか」

と言ってしまった。

すると釈迦はニヤリと笑い、

「みなさん！」

と両手を広げ、集まっている人たちに向かって言った。

「ちょうどここにお笑い芸人の方が来てるんで見ていってください。きっと元気が出ると思いますよ！」

（釈迦のやつ、わざとハードル上げやがって――）

どんどん釈迦のペースにはまっている自分に気づいた。このままだと幸子さんの前で大恥をかかされることになってしまう。

緊張で耳鳴りが始まった。首筋が熱くなり、パニックの症状が出始めている。

でも、僕は歯をくいしばって自分に言い聞かせた。

――逃げちゃだめだ。

ガネーシャと出会ってから、僕は今まで経験したことのないような不安を味わうことになったけど、その経験の中で一つ大きなことに気づいていた。

不安になったとき、僕はすぐにそこから逃げだそうと考えてしまう。でも、逃げようとすればするほど不安は大きくなっていく。

そうではなく、思い切って不安の中に飛び込んで自分のできる限りのことをしていると、不安はまるで幻だったかのように消える瞬間がある。

不安に実態はない。自分の不安に対する姿勢が、そのまま不安の大きさを決める。だから、僕みたいに不安を感じやすい人間は、不安を感じたときこそ、前に出なければならないんだ。

僕は震える足を前に出し、釈迦が立っていた石段に上った。そして、鞄からノートとマジックを取り出すと、聴衆の前に立った。

*

「どうも初めまして。西野勤太郎と申します。今日は顔と名前だけでも覚えて帰ってもらえたらうれしいんですけど、まあ見てのとおり顔も平凡ですし、華がないなんてよく言われます。じゃあお前に何があるんだってことになるんですけど、借金があります。３００万円以上あります。

ちなみに、この中に『今、借金してるよ』っていう人います？　お、いない。素晴らしいですね。一応、経験者から言わせてもらいますと、借金するのは絶対止めておいた方がいいですよ。実際にしてみると分かるんですけど、借金っていうのはどんどんやる気を奪っていくんですよね。もう不安で不安で何も手につかなくなるんです。

でも、あるとき、僕はふと思いました。『これっておかしくないか？』って。だって、借金をしているというのは追い込まれている状況ですから、普段よりも頑張らないといけないわけです。それなのに、全然元気が出ない。

そこで色々考えてみたんですけど、もしかしたら『借金』っていうネーミングが良くないんじゃないかって思いました。だって『借金』ですよ？　聞いてるだけでどんどんネガティブになるじゃないですか。

そこで僕なりに『借金』の新しい呼び方を考えてみました。この呼び方ならきっと元気が出ると思いますので、もしみなさんやみなさんの友人が借金に困ることがあったら、ぜひ今日の話を思い出してみてください。

それでは、『借金』の新しい呼び方はこちら。

シャキーン

どうです？　『シャッキン』の言い方を少し変えただけなのに雰囲気が全然違ってきますよね。

『俺、借金あるんだよね』

これだとなんだか暗い感じがしますが、

『俺、シャキーン！　あるんだよね』

背筋がピン！　と伸びる感じが出てきます。

さらに、

『最近、シャキーン！　で首が回らないんだよね』

こうなると、もう自分は横見をせず前だけ向いて生きていくぞという意思表示にも聞こえます。

このように言い方を少し変えるだけで印象はかなり変わってくるのですが、今度は借金に対する『考え方』を変えてこう呼んでみましょう。

肝試し(きもだめし)マネー

借金をすると誰もが不安になると思いますが、それを『肝試し』と解釈することで毎日をアトラクション感覚で過ごすことができるかもしれません。

さらに『借金』をポジティブに解釈するのなら、

株式会社『俺』への投資

金融機関は『この人ならお金を貸しても増やして返してくれるだろう』という信用のもとお金を貸しているわけなので、借金＝投資なのです。

つまり卑屈になる必要はまったくなく、増やして返してあげるわけですから堂々としていればよいということになります。

――それでは先ほど釈迦さんの話にも出てきましたが『無職』についても元気が出る呼び方を考えてみましょう。

それでは『無職』の新しい呼び方はこちら。

夢職

仕事がない状況は確かに不安ですが、それは同時に『口うるさい上司や満員電車からの解放』さらには『自分に本当に向いている仕事が見つけられるかもしれないという希望』という側面もあり、ある意味『夢のような状態』でもあります。そのことを忘れないために『無』の表記を『夢』に変えてみました。

次はこちら、

公園のベンチウォーマー

仕事がなくなったことを家族に言えないと、公園のベンチに座り虚空を見つめる日々が続きますが、あくまで自分は次のスタメンを狙っているベンチウォーマーであるという気持ちは持ち続けたいものです。

『不況』の父と『就職難』の母から生まれました。『無職』です。

自己紹介するときに、『自分が悪いのではなく、時代が悪いのである』という言葉を刷り込むことで責任転嫁することができます。厳しい現代社会を生き抜くための大切な知恵だと言えるでしょう。

しかし、それでも『無職』という言葉が気になる人は、思い切ってこちら。

スティーブ・ノージョブズ

要するに『no job』ということなのですが、アップルの創業者スティーブ・ジョブズの名前の中にそれとなく挿入することで、無職であることの悲壮感を完全に消し切ることに成功し……」

――僕のネタが終盤に差し掛かった、そのときだった。

「なんだよお前、さっきから俺たちのことバカにしてんのか⁉」

突然、僕の目の前に五十歳くらいのおじさんがやって来てわめき出したのだ。僕はネタを中断して、あわてて頭を下げた。

「いえ、そういうつもりでは決してないんです。僕はみなさんを元気づけようとして……」

「元気になるわけねーだろ！　ふざけんじゃねえよ！　何がスティーブ・ノージョブズだよ！」

大声でクレームをつけてくるおじさんに対して、僕は泣きそうになりながら頭を下げ続けた。

散々クレームを言ったおじさんは、

「二度とこの場所でふざけたことやるんじゃねーぞ!」

そう言い残して去っていったが、僕が周囲を見回すと、観客からクスクスと笑い声が漏れていることに気づいた。

そしてその場を去ろうとすると、僕のネタを聞いてくれていた何人かの人たちが、

「面白かったです。頑張ってください」

と温かい声をかけてくれた。

大勢の前で怒鳴られた僕に同情してくれたのだと思うけど、彼らには少し元気になってもらえたのかもしれない。そのことが僕にはうれしかった。

そしてこのハローワークで演じたネタは、これまで人前でネタをしてきた中で一番のびのびとできた気がした。

＊

ハローワークからの帰り道、幸子さんと釈迦と並んで歩いていると、

「よっ」

と背後から肩を叩かれた。

振り返ると、そこにいた人を見て震えあがることになった。

さっき僕のネタの途中でクレームをつけてきたおじさんが立っていたのだ。

僕はすかさず、

「さ、先ほどはすみませんでした!」

と頭を下げると、おじさんは、

「まだ分からへんか?」

ニヤついて言った。僕が首をかしげていると、

「ワシやがな」

とおじさんは両手を顔の前で交差した。

するとそこに現れたのは――ガネーシャだった。

「どういうことなんですか⁉」

驚きながらたずねると、ガネーシャはフンと鼻を鳴らして言った。

「何言うてんねん。自分のネタの詰めが甘そうやったからワシがオチつけたったたん

やがな」

するとと釈迦もうんうんとうなずいた。

「ああいったハプニングはよく『笑いの神が降りた』などと言われますけど、まさに本物の神が舞い降りていたというわけですね」

そして釈迦は合掌（がっしょう）して言った。

「さすガネーシャ様です」

「お、釈迦、早速『さすガネーシャ』使い始めてるやんか！　どうや？　これ流行（はや）りそうか？」

「今年の流行語大賞は『さすガネーシャ』で決まりでしょう」

「やっぱりそうなるかぁ！　なんちゅうても語呂がええもんなぁ！」

（もう付き合いきれんわ……）

僕はあきれながら歩いていたが、隣にいた幸子さんが、

「怒られて謝っているときの勤太郎さんの顔、可愛かったですよ」

そう言って僕の手を握ってくれた。

西の空一面を染めるオレンジ色の太陽が、僕たち二人の影を長く伸ばしていた。

［金無幸子の課題］

他の人が気づいていない長所をホメる

店員を喜ばせる

［釈迦の課題］

自分と同じ苦しみを持つ人を想像する

7

釈迦が相方とコントの練習をするために部屋を去ってから数日後のことだった。

ガネーシャと幸子さんが旅行用の大きな鞄を取り出してきて「これでええんちゃうか？」などと相談をしていたので、

「何をしてるんですか？」

とたずねると、

「あれ？　自分には言うてへんかったか？」

ガネーシャは一枚のハガキを取り出して僕に見せてきた。

そこには、

同窓会のお知らせ

とあり、開催日を見ると今日になっていた。

　ガネーシャは作業を続けながら言った。

「自分も早よ準備しいや」

「す、すみません、ちょっと話を整理させてもらっていいですか」

「……なんやねん。時間ないんやから早よしてや」

「まず、どうして僕の同窓会のお知らせをあなたが持っているのですか？」

「郵便受けに入っていたからやね」

「つまり、勝手に開けたということですね」

「うん。勝手に開けた」

「……なるほど。まあそれは大目に見るとしても、これが最大の疑問なのですが、どうしてあなたが僕の同窓会に行こうとしているのですか？」

　するとガネーシャは悪びれる様子もなく答えた。

「いや、最近、節約なのか何なのか知らへんけど、ろくなもん食べさせてもろてへんわけやん？　そんでほら、ワシの魅力ってこのふくよかなお腹にあるわけやん？　このお腹あってのガネーシャなわけやん？　せやから世界中におるワシのファンのためにもな、もっと栄養のあるもん食べなあかん思て。なあ幸っちゃん」

「はい」

幸子さんはうなずいて言った。

「同窓会の会場について調べたところ、この場所に用意されている食べ物はすべて無料で取り放題だと判明しました」

「いやいや」

僕はあきれながら同窓会のお知らせを二人の前に差し出した。

「ここに参加費六千円って書いてあるじゃないですか」

「せやからワシがひと肌脱いだったんやないかい」

そしてガネーシャが「幸っちゃん、あれ見せたって」と言うと、幸子さんが僕のノートパソコンを開いた。

画面に現れたのは、同窓会の幹事に宛てた手紙だった。

拝啓　幹事様へ

大変ご無沙汰しております。西野勤です。このたびは、万年売れない芸人で、社会的には何の存在価値もない、もはや単なる肉塊にすぎない私を同窓会にお招きいただきありがとうございました。

ただ、参加したいのはやまやまなのですが、参加費の六千円はほぼ私の月収にあたる金額であり、つまり今回の同窓会は私のような下層階級の低所得者には到底参加できないセレブパーティなのですが、そこをなんとか出席し、順風満帆の人生を歩む皆様の輝きに触れ、様々なノウハウを吸収して今の生活から脱出できればと考えています。

そこで参加費の代わりと言っては何ですが、最近私コンビを組みまして、その相方があり得ないくらい面白い人物で、「どうしてあんな天才が、私のように滑り倒すことしか能のないアイススケート芸人の相方に？」と疑いたくなるほどの逸材でして、もし可能であればコンビでネタをご披露し、それを参加費の代わりにさせていただければと思います。

PS．相方のギャグが面白すぎてお腹が筋肉痛になることが予想されますので、あらかじめバンテリンを塗るなどの対策をお勧めします。

敬具

(なんなんだこの恥も外聞もない手紙は――)

パソコン画面を見ながらわなわなと震えていると、ガネーシャが言った。

「この手紙出したら返事が来てな。『参加費はいらないからぜひ来てほしい』てことになったんや。ほんまにようできた幹事さんやで」

「で、でも、こんな形で同窓会に参加しても、笑いものになるだけじゃないですか」

「それでタダ飯にありつけるんやからええやん」

「僕は行きませんからね」

「ほうか……せやったらしゃあないなぁ」

ガネーシャはそう言うと、両手を自分の顔の前で交差した。そこに現れたのは、僕とまったく同じ顔だった。

「ほんならワシと幸っちゃん二人で行ってくるわ」

そう言って準備を続けるガネーシャを見ていると不安がどんどん込み上げてきた。

僕の姿をしたガネーシャを同窓会に行かせたら、何をしでかすか分かったものではない。不安に耐えられなくなった僕は、思わず言ってしまった。

「わ、分かりました。行きますよ。行けばいいんでしょう！」

するとガネーシャはニヤリと笑って言った。

「宴の始まりやな」

その不気味な笑顔の奥には、何かドス黒いものが渦巻いているように見えた。

＊

同窓会は都内にあるホテルの宴会場で行われていた。

会場に続く大きな扉を開けて中をのぞくと、すでに結構な人数が集まっている。顔を見ただけでは誰だか分からない人もいるが、この年齢にもなるとそれなりの役職に就いているのだろう、みんな服装がしっかりしていた。ちなみに、僕が今日着てきたのは、昔会社に勤めていたときのスーツだ。

会社を辞めたばかりのころは、僕も同窓会に顔を出していた。

あのときは、まだ自分の状況を笑い飛ばす余裕があった。「こうやって俺と普通に話せるのも今のうちだけだぞ」と冗談交じりで言うことができた。

でも、芸人として芽が出ないまま時間だけが過ぎていくと、

(僕は一生売れないいんじゃないだろうか)

そんな不安がふくらんで、友人たちに会うのが億劫(おっくう)になっていった。着実に出世したり、結婚したりしていくみんなと会っても、何も変わっていない僕はみじめな気持ちになるだけだろう。

こうして久しぶりにみんなの前にやってくると、その気持ちはさらに強まっていることに気づく。会場内で楽しそうに談笑する同級生たちを見ていると、どうやって輪の中に入っていけばいいのか分からない。いっそのことこのまま帰ってしまおうかと思ったくらいだ。

しかし、突然会場がざわつきだし、みんなが同じ方向に視線を向け始めた。僕も自然とそちらに顔を向ける。

そこで見たものに、僕は頭を抱えたくなった。

(なにをやってるんだあいつは――)

みんなの視線の先にいたのは、ガネーシャだった。

ガネーシャは、会場に用意された小さなステージに立って、人間からゾウの顔に、さらにそこから馬やキリンに顔を変えていた。

ガネーシャが顔を変えるたびに大きな歓声が上がった。このガネーシャのパフォーマンスには同級生たちだけではなく、宴会場のウェイターも釘付けになっている。そして、会場の隅では、みんながガネーシャに気を取られている隙に——幸子さんが大皿に載せられている料理をすごいスピードで旅行鞄の中に詰め込んでいた。

（ぼ、僕の同窓会で何てことをしてくれるんだ！）

焦った僕はいつのまにか会場の中に足を踏み入れてしまっていた。すると僕の存在に気づいたガネーシャが舞台の上から、

「おう、勤ちゃん。遅かったやんか」

と手を振ってきた。

「おお、西野！」

僕に気づいた同級生も声を上げた。幹事をしている男が僕の方に近づいてきて言った。

「お前の相方すごいじゃないか。こんな手品見たことないぞ」

僕は返答に困りながらあいまいな返事をしたが、彼は上機嫌で僕の肩を叩いた。

「そういえば、お前の手紙最高だったよ。あの手紙、フェイスブックにアップしたんだけどすごく盛り上がってるから」

「ええ!?」

周りを見ると、みんな僕を見てにやにやと笑っている。幹事の男は続けた。

「せっかくこんなに盛り上がっているんだから、ちょっと早いけどネタやってもらおうかな」

「いや、でも……」

僕は戸惑ったが、同級生たちから歓声が上がった。するとガネーシャが全体を仕切るように両手を開いて大声を出した。

「分かりました！　それでは早速ネタの方に入らせていただきます。すぐに準備しますので少し待ってもらってもよろしいでっか？」

ガネーシャがそう言うと大きな拍手が起きた。そして僕たちは会場の外にある控室へと案内された。

*

控室で段取りの説明を終えた幹事は、

「じゃあ、よろしく頼むよ」

そう言い残して控室の扉を閉めた。するとその瞬間、さっきまで「幹事はん、幹事はん」とぺこぺこしていたガネーシャの態度が一変し、険しい表情になった。

ガネーシャは声を落として言った。

「幸っちゃん、首尾はどうやった？」

すると幸子さんは旅行鞄を持ってきて広げた。その中に見える大きなビニールケースには、大量の食べ物が詰め込まれてある。幸子さんは真剣な表情で答えた。

「会場の食べ物の入手は成功しました。ただ……」

「ただ？」

「会場に用意されていた食べ物は『前菜』だけだったようです」

「な、なんやて――」

ガネーシャは口をあんぐりと開いて驚いた。僕はあきれるように言った。

「そりゃそうでしょう。だって同窓会はまだ始まったばかり……」

しかし僕の声はガネーシャのテーブルをバン！　と叩く音にさえぎられた。

「メインディッシュは!?　メインディッシュはどこにあんねや！」

「おそらく厨房かと」

「厨房か――」

ガネーシャはしばらく天井を仰ぎ見ると、鋭い目を幸子さんに向けた。

「幸っちゃん、こうなったら作戦変更や！　コードネーム『砂漠の豚箱』！」

「『砂漠の豚箱』⁉」

ガネーシャの言葉に蒼ざめた幸子さんは、唇を噛みしめながら言った。

「しかしあの作戦を使うということは、ガネーシャ様のお命が——」

「ワシの命なんかどうでもええ！」

ガネーシャはそう叫ぶと、遠くを見るように言った。

「国に残してきた子どもたちの腹がいっぱいになるんやったら、こんな命、なんぼでも捨てたるがな！」

「ガ、ガネーシャ様——」

幸子さんは潤んだ瞳でガネーシャを見つめた。

「あ、あの、国に残してきた子どもというのは……」

僕の言葉を完全に無視したガネーシャは、旅行鞄を肩に掛けながら言った。

「とにかく幸っちゃんは、舞台を盛り上げて人の注目を集めるんや。その間にワシは——厨房へ向かう！」

そしてガネーシャは両手を顔の前で交差して顔を変えた。それは、先ほど会場にいたウェイターの顔だった。ガネーシャは扉の前で立ち止まり、くるりとこちらに顔を向けて言った。

「幸っちゃん、死ぬんやないで！」

「ガネーシャ様も、ご無事で！」

幸子さんは、どこからか取り出した火打石をガネーシャに向かってカッカッと打ち鳴らした。ガネーシャは無言のままうなずくと、扉を開けて駆け出していった。

（あんたたちのそのテンション何なんだ――）

僕は二人の様子をあきれた目で眺めていたが、幸子さんは真剣な表情を僕に向けて言った。

「ガネーシャ様の勇姿を無駄にしてはなりません。私たちもできるかぎりの仕事をしましょう！」

そして僕の手を引いて控室から出ようとした。

「ちょ、ちょっと待ってよ幸子さん」

僕は立ち止まって言った。

「でも、ガネーシャがいないんだったらネタはどうするの？　僕は『Bar エレファント』をやるつもりで来たんだけど」

するとと幸子さんはハッと気づいた顔をして言った。

「どうします？」

「いや、それを僕が今聞いてるんだけど」

しかしそのとき控室の扉がノックされ、開いた扉の隙間から幹事の男が顔を出した。

「もうそろそろ、いけるかな？」

僕は返答に困ったが、覚悟を決めて幸子さんに言った。

「と、とにかく、こういうときは無理にウケようとすると不自然になっちゃうから。幸子さんは思っていることを正直に話して。あとは僕がなんとかする」

「分かりました」

幸子さんはにっこり笑ってうなずいた。

その屈託のない笑顔を見ているとなんとも言えない不安を感じたけど、僕はなんとかこの場を乗り切って、すぐ会場をあとにすることだけを考えていた。

*

会場へと続く大きな扉を開くと、同級生たちの拍手喝采で迎えられた。

（大丈夫。大丈夫だ）

僕は自分に言い聞かせた。

ここにいるのは舞台のお客さんじゃなくて元クラスメイトだ。厳しい目でネタを見ることはないだろう。

そんなことを考え、心を落ち着けながらセンターマイクの前に立った。

「どうもお久しぶりです。西野です。ちょっとしたトラブルがありまして急きょ相方が女の子に代わってしまったんですけど、まあ普段のお笑いライブでは、こういう形で夫婦（めおと）漫才なんかをやらせてもらったりすることもありまして……」

そのときだった。

突然、幸子さんがマイクに向かって叫んだ。


「何をジロジロ見てるんですか、この金持ちどもが！」

僕は驚いて幸子さんに顔を向けたが、幸子さんは間髪入れずに続けた。

「だいたい何ですか、この悪趣味な会は！　同窓会という名を借りた『自分がどれだけ勝ち組なのか確認しにきた会』じゃないですか！　しかも、こんな高級な場所をわざわざ貸し切りにするだなんて！　昔の友達同士で会うのなら、空き地で十分です！」

どんどん前のめりになる幸子さんをあわてて止めて言った。

「な、何言ってんの幸子さん」

「だって勤太郎さんが思ったことを正直に言えばいいって」

会場を見回すと、みんな何が起きたか分からずきょとんとした顔をしている。

僕は冷や汗を流しながら、みんなに向かって説明した。

「いや、ごめんなさいね。この人、ちょっと変わってて、お金持ちが嫌いで貧乏が好きな人なんですよ。そうだよね、幸子さん」

「はい」

幸子さんは笑ってうなずいた。

「だから、私、勤太郎さんが大好きなんです」

するとと会場からドッと笑い声が起きた。

旧友たちから笑われたことに少し胸が痛んだけど、このチャンスを逃すわけにはいかない。僕は幸子さんにたずねた。

「ええっと、幸子さんは、僕のどういうところが好きなんだっけ?」

「はい。才能がないところです」

(サラっと言った――)

僕は衝撃を受けたが、一切躊躇(ちゅうちょ)のない言い方に会場はウケている。僕はなんとか平静さを取り戻しながら言った。

「ほ、他には?」

「顔です。顔が大好きなんです」

すると会場からはヒュー! という冷やかしの声が飛んできた。僕も幸子さんの意外な答えに照れながら話を続けた。

「そんなこと言われるの初めてだなぁ。もう少し具体的に教えてもらえる?」

「はい」

そして幸子さんは言った。

「目と鼻と口が――貧相です」

(な、なんですと――)

僕はその場で白目をむきそうになるくらいのショックを受けたが、会場の笑い声はさらに大きくなっている。幸子さんは陽気に続けた。

「それに、今日の勤太郎さんは本当に素敵です。だって、スーツの上下、微妙に色が違うんですもの」

「い、いや、これは久しぶりにスーツを出してきたらズボンに穴が開いてて……って、そんなこと言わなきゃバレないでしょ！」

「いや、バレますよ。一目瞭然ですよ！　そして、そこが素敵です！」

「もう僕の話はいいから！　じゃあ幸子さんの嫌いなタイプはどんな人？」

するると幸子さんは会場を指差して言った。

「この人たちです」

そして幸子さんは会場に向かって叫んだ。

「本当にみっともない人たちですよ、高級そうなスーツをビシッと着こなして！　どうせ家は高級マンションか一軒家なんでしょう？　それで駐車場にはいい車が停まっていて！　お昼にはうなぎ食べて！　あなたたちね、そんな生活の先に何があるか分かってるんですか？　豊かで平和な人生ですよ！」

「うらやましいわ！」

僕のツッコミに会場がドン！　という笑いで包まれた。（幸子さんとの掛け合い

のコツが分かってきたぞ……）心に余裕ができた僕は、ふとあるギャグを思いつい
て幸子さんの肩を叩いた。

「……あ、でも幸子さん」

「何ですか？」

「一応僕たちの家にも車はあるけどね」

「え？　何の車ですか」

僕はニヤリと笑って言った。


「火の車さ」


会場は、まるで水を打った湖面のように静まり返った。

その瞬間、幸子さんが目をきらきらと輝かせ、胸の前で両手を合わせて言った。

「キャー！　やっぱり才能ないー！　勤太郎さん大好きです！」

——この幸子さんの言葉に、会場は今日一番の笑いに包まれた。

*

「いやあ、大漁、大漁！」

パンパンにふくらんだ旅行鞄を叩きながら、ガネーシャが機嫌良さそうに言った。

クラスメイトからは引き留められたけど、僕たちはご飯を持ち帰ろうとしていることがバレる前に退出したのだった。

「漫才、大丈夫でしたか？」

幸子さんが心配そうに聞いてきた。

「私、漫才をしたことがなかったので勤太郎さんにご迷惑をおかけしてしまったかもしれません。……すみません」

うつむきがちに歩いていた僕は顔を上げて言った。

「いや、むしろ僕は幸子さんにお礼を言わなきゃいけないよ」

「え？」

僕は歩きながら続けた。

「僕が同窓会に行かなかった理由は、後ろめたかったからなんだ。僕は彼らに『売れっ子芸人になる』って宣言したのに、まだ全然売れてないからね。でも、今日それじゃだめなんだって気づいた。今の僕の状況って彼らからしたらすごく笑えるし、包み隠さずに全部話した方が僕も楽になれるんだよね」

そして僕は言った。

「ありがとう、幸子さん」

「いえ、そんな……」

幸子さんは恥ずかしそうにうつむいた。

そんな幸子さんを見ていると、今日の夫婦漫才が僕たちの距離を近づけてくれたような気がしてうれしくなった。

そして、僕がそっと幸子さんに手を伸ばそうとしたときだった。

「自分、チャーチルくん知ってるか?」

突然ガネーシャが顔を割り込ませてきた。僕はあわてて答えた。

「え、ええ、はい。イギリスの首相だった人ですよね」

「せやねん」

そしてガネーシャは、僕と幸子さんの肩を抱きながら話を続けた。

「チャーチルくんは第二次世界大戦でイギリスを勝利に導いた伝説の首相やけどな、

実は最初の選挙で落選してんねん。しかも第一次世界大戦後は三度も続けて落選したんや。その上、政党を離れることになってもうて散々やったんやけど、そんときチャーチルくんは演説でこう言うたんやで。

『議席を失い、党を失い、最近は、盲腸まで失ってしまいました』

――実は、チャーチルくん、盲腸の手術したばっかりやってん！　ぎゃはは！」

バカ笑いするガネーシャを（そのギャグ、そんなに面白いかな……）と首をかしげながら見つめていた。

ガネーシャは、ひぃひぃと笑いながら話を続けた。

「せやからな、失敗したことや、恥ずかしいこと、みじめな状況ちゅうのはできるだけ人に話して笑いにしてってたらええねん。そしたら人目を恐れずに色んなことに挑戦できるし、自由に生きることができるんやで」

そしてガネーシャは眉毛をぐっと持ち上げ、上から見下ろすような顔で言った。

「ワシは、そのことを自分に教えたくて今日の同窓会に――」

「違いますよね」

そこははっきりと言った。断言した。

するとガネーシャは、

「え、ええツッコミやないか。ちょっと食い気味にツッコミ入れてくるパターンやね。さすが勤ちゃん、成長してきたなぁ」

そしてガネーシャは咳払いをして言った。

「で？　その勤ちゃんを成長させたのが？」

僕は言葉を返さず黙って歩いていたが、ガネーシャは僕の前にぐいっと顔を出して言った。

「成長させたのが？」

「……」

「させたのが？」

「……」

「が？」

「……」

「ほら、『が』から始まる。あの人やがな。ほら、『が』や。うん、じゃあまず『が』て言うてみよか。全部言わんでもええから『が』だけや。『が』って言うてみて。ほら、『が』って。『が』くらい言えるやろ。そんで『が』が言えたら次は『ね』や。つなげて言ってみよ『がね』。はい、『がね』」

僕は観念して言った。

「……ガネーシャです」

するとガネーシャは、

「そのとおりや！　さすがワシや！　さすガネーシャや！」

そう言って上機嫌に歩き出した。

ガネーシャの、自分を持ち上げようとする執念はもはや病気の域だと思った。

［ガネーシャの課題］

失敗を笑い話にして人に話す

8

「いよいよやな……」

ガネーシャは唾をゴクリと飲み込んで舞台を見つめていた。

ゴッド・オブ・コントの二次予選で『Bar エレファント』のコントを終えた僕たちは、今大会の台風の目と言われている死神のコンビを見に来ていた。

「エントリーNO．１０３８『デスマイル』！」

司会者がコンビ名を呼ぶ声が響き渡り、ステージがライトで照らし出された。

舞台上にはジーンズにパーカーというラフな姿の男が立っていて、携帯電話を見ながら歩いている。すると、突然、キーッ！　という車の急ブレーキの音が舞台に響き渡った。

男の表情は引きつり、車と衝突したことを思わせるドン！　という効果音が鳴り響いた瞬間、舞台は真っ暗になった。

――そして再び舞台がライトで照らし出されたとき、そこに死神がいた。

「いらっしゃいませ、ご主人様♥」

「おわぁ！」

「私はメイドのヨシコと申します。余命の『余』に『死』ぬ『子』と書いて余死子です」

「いや、あの……ここ、どこですか？」

「当店は『冥土喫茶』です」

「冥土喫茶？」

「はい。最近、上の世界でもメイド喫茶が流行ってるみたいですけど、こっちでも人気なんですよ」

「こっち？」

「はい。あの世です」

「あの世⁉　あの世ってどういうことですか？」

「ご主人様、お忘れになったんですか？　先ほど交通事故にお遭いになったじゃないですか」

「……そうだ。確か僕は道を歩いていて車に……」

「でも、ご主人様はお亡くなりになられたわけではありません。今はどっちつかずの状態なんです」

「ええっ？　じゃあ僕は……まだ助かるかもしれないってことなんですか⁉」

「そうなんです！　そこで当店お勧めの『萌え萌えオムライス』なんていかがですか？」

「そ、それはどんなオムライスなんですか？」

「はい。こちらのオムライスの上に、トマトケチャップでご主人様の『戒名』を書いて差し上げるサービスで、オムライス、トマトケチャップ、ともに毒入りとなっております」

「完全にあの世に送ろうとしてるじゃねえか！」

――この『冥土喫茶』のコントでは、メイドに扮する死神のコミカルなキャラクターが観客の笑いを誘っていた。ガネーシャも釈迦も偵察に来ていることを忘れて笑っている。

しかし僕は死神のネタにまったく笑うことができなかった。いや、笑うどころか背筋の凍る思いで見ていた。

（何かの間違いであってくれ）

目の前でネタが行われている間、僕はずっとそう願っていた。しかし、僕が彼を見間違えるはずはなかった。

死神の相方は――ガツン松田だったのだ。

＊

死神のネタが終わるのと同時に僕は控室に走った。

そこに死神の姿はなく、松田が一人、肩をだらりと垂れてうつむいていた。

「松田……」

声をかけると松田はうつろな表情のまま、力のない声で言った。

「ああ、西野さん……おつかれさまです」

「お前、大丈夫か。顔色悪いぞ」

すると松田は苦笑いを返した。

「相方が死神なんで精気吸い取られてるんすよ、あははは」

僕が知っている松田と同じ人物とは思えなかった。もともと体格が良かったはずなのに頬がこけてやせ細っている。いつも漲っていた精力が、今はまったく感じられない。

きっと松田は死神に取り憑かれてからずっと一人で悩み続けてきたのだろう。誰かに相談したところで本気にしてくれないはずだ。

僕は松田をこのまま放っておくことはできなかった。僕は単刀直入に言った。

「お前、『リアル・ゴッド・オブ・コント』に参加しているのか」

すると松田の表情が一変した。

「西野さん、何でそれ知ってるんですか――」

初めて来た松田の部屋は四畳程度の広さしかなく、僕が会社を辞めたばかりのころに住んでいた部屋を思い出した。

松田から出された座布団の上に座ると、突然死神が姿を現した。

黒いローブを身にまとった、いわゆる死神の風貌(ふうぼう)をしている。死神は手に持った大きな鎌をいきなり僕の喉元に突きつけてきた。

「お前はガネーシャ様の相方だな。何を探りに来た」

「ち、違います」

目の前に迫る大きな鎌の刃に震えながら、声を絞り出した。

「松田は、僕の事務所の後輩なんです。だから近況報告くらいは……」

死神はしばらく見定めるようにしていたが、「ふん」と言って鎌を下ろした。それから冷蔵庫まで歩いていき、中から牛乳を取り出すとそのままゴクゴクと飲み始めた。

（どうして牛乳――）

唖然として見ていると、松田が言った。

「死神は基本、骨なんでカルシウムを気にしてるみたいです。ただ、ほとんど漏れちゃうんであとから僕が雑巾でふくことになるんですけど」

――神様界の常識は相変わらず想像の範囲外にあるようだ。

僕は死神から松田に視線を戻した。

「それで松田は、どういう流れでリアル・ゴッド・オブ・コントに参加することになったの？」

松田は大きなため息とともに語り出した。

「今から一か月前くらいですかね、ちょうど西野さんと『たけのこライブ』出たあとに、身体がすげーだるくなってきて病院に行ったんです」

ガネーシャと出会ったばかりのとき、松田が体調を崩していたことを思い出した。

松田は続けた。

「それから何度も精密検査受けさせられて、でも全然結果を教えてくれないんですよね。それである日病院に行ったらウチの親がいたんですよ。『なんで親がいるんだ？』って感じだったんですけど、親の前で医者が病状について説明し始めて、それ聞きながら母親が泣き始めたんです。それで『これ相当やばいんだな』って思ったんですけど全然実感がわかなくて、医者の話をまるで他人事みたいに聞いてました。とりあえずそのまま入院することになったんですけど、その日の夜、枕元にこいつが立ってまして」

そして松田は死神を指差した。

「わけ分かんないものが見えてるのに、怖くないんですよ。それで『あ、俺、死ぬんだな』って思いました。そしたらすげー泣けてきて、ベッドの上でわんわん泣いてたんです。そしたらこいつが近づいてきて俺の耳元でささやいてきたんです。『私とコンビを組まないか』って。そして死神はこう言ったんです。『私は笑いのコツを知っているぞ。骨だけにコツをね』——ちなみにそのギャグは完全に滑ってたんですけど」

僕が死神の方をちらっと見ると、死神はごまかすように牛乳をぐいっと飲んだ。

松田は続けた。

「そのとき死神からリアル・ゴッド・オブ・コントのことを教えられたんです。そして、もし優勝できたら、『下』に頼んで寿命を延ばしてやるって」

「下？」

僕が眉をひそめると松田は言った。

「あ、下っていうのは、僕たちで言う『上』っていうか、死神のいる冥土ってとこは地面の下にあって、下にいけばいくほど位(くらい)が上がっていくみたいです」

「そ、そうなんだ」

首をかしげながらうなずくという不思議な動きになった。松田は深刻な表情で言った。

「俺が今、入院せずにこうしていられるのも、死神の力で一時的に良くなってるだけなんですよね。もし優勝できなかったらそのときは……」

そして松田はうつむいたまま言った。

「だから俺、どうしてもリアル・ゴッド・オブ・コントで優勝しないといけないんです」

膝の上に置いた松田の両手が震えていた。

そんな松田を見ていると、僕が借金を背負っていること、そしてゴッド・オブ・コントの優勝を目指していることは口にすることができなかった。

＊

「――僕はどうしたらいいいんだろう」

いつものファミリーレストランで幸子さんにたずねた。

僕の話を黙って聞いていた幸子さんは、ぽつりとつぶやくように言った。

「……松田さんのことは、もういいんじゃないですか」

「え？」

一瞬、幸子さんが何を言ったのか分からなくて聞き返すと、幸子さんはもう一度繰り返した。

「松田さんのことは、ほっといていいんじゃないでしょうか」

僕は戸惑った。幸子さんが口にする言葉とは到底思えなかったからだ。

幸子さんは続けた。

「松田さんは、お笑いの才能のある人なんですよね」

「うん」

僕は何度もうなずいた。

「長年色々な芸人を見てきたけど、才能あるやつってすぐに分かるんだよね。このまま芸人を続けていければ、あいつはきっと売れると思う」

「だったら」

幸子さんは語気を荒げて言った。

「死神さんたちが負ければライバルが一人減るってことですよね？　だから勤太郎さんはゴッド・オブ・コントで優勝することだけを考えればいいんです」

「いや、でも……」

「『競争』なんですよ」

幸子さんは、いつになく強い口調だった。

「『売れる』とか『成功する』って結局、他人との競争に勝つってことなんです。特にお笑い芸人の人は出られる番組の数も限られています。つまり――自分がどれだけ『成長するか』ではなくて、他の芸人と比べて『優れているか』で決まるんです。そしてその熾烈（しれつ）な戦いに勝ったほんの一部の人に価値が生まれ、その人にたくさんのお金が流れていくことになるんです」

幸子さんの言葉に間違いはなかった。テレビに出るどころか『たけのこライブ』から『ネクストステージ』に上がるだけでも、僕たちの世界には競争が存在している。

「でも」

僕はうつむいたまま言った。

「やっぱり松田をこのままにしておけないよ。僕はこれから何度でも挑戦できるけど、松田は今回負けたらもう終わりなんだ」

「借金はどうするんですか？」

「それは……」

僕は言葉に詰まりながら言った。

「返していくのは楽じゃないと思うけど、でも、僕は死ぬわけじゃない。時間はかかるかもしれないけど、なんとかするよ」

僕がそう言うと同時に、幸子さんは口をおさえてゴホッゴホッと咳き込み始めた。ときおり見せる体調の変化だったが、今回はかなりつらそうで、長い間咳は続いた。

「だ、大丈夫？」

幸子さんを介抱しようと立ち上がったが、

「大丈夫です」

と手で制された。でも、いつも「大丈夫」としか言わない幸子さんだからよけいに不安になる。

肩で呼吸を整えていた幸子さんは、ふうと息を吐くと顔を上げて微笑んだ。どこか無理をして作っているような表情に見えた。幸子さんは言った。

「……勤太郎さんはそう言うんじゃないかって思っていました」

「え？」

僕が驚いて顔を上げると、幸子さんは紙ナプキンを取ってそっとテーブルの上に置いた。

「勤太郎さん、覚えてます？　この前の、プレゼントをして人を喜ばせると貧乏神から嫌われるという話」

「う、うん」

僕は最初に幸子さんとこの店に来たときに聞いた話を思い出した。世の中の多くの人は、お金に対して『嫌なことをした引き換えにもらうもの』だと思っている。その考えを『人を喜ばせた分もらうもの』に変えるには、お金という見返りがなくても、『人を喜ばせることは楽しい』という経験をすることが必要だという内容だった。

幸子さんは言った。

「その中でも特に――いや、もしかしたらそれは貧乏神から一番嫌われる行動かもしれません」

そして幸子さんは紙ナプキンに文字を書いてこちらに差し出した。

自分が困っているときに、困っている人を助ける

（どういうことだろう？）

不思議に思っていると、幸子さんが僕に聞いてきた。

「勤太郎さんは、お金がなかったり時間がなくて困ったりしているときに、人に何かをしてあげたいと思いますか？」

「……思わないだろうね。だって困っていたらそんなことをする余裕なんてないから」

「そうですよね。でも、世の中の人たちが他人を喜ばせたり、与えることができないのも同じ理由なんです。自分はお金が足りない、時間が足りない、幸せじゃない……そうやって『困っている』と感じているからこそ他人に与えることができないのです」

それは幸子さんの言うとおりだと思う。誰だって、自分が飢えていたら他の人に食べ物を分け与える気になんてなれないだろう。

でも、そのとき僕は思った。それって結局のところ、貧乏な人はお金持ちにはな

れないということではないだろうか。だって、他人を喜ばせたり、他人に与えることでお金持ちになれるのだとしても、すでにお金がなくて「困っている」状況なのだからそんな気持ちになれないはずだ。

するとと幸子さんは言った。

「勤太郎さんはこの前、ハローワークで借金のネタをやりましたよね。あのネタをしたときはどんな気分でしたか」

僕は無我夢中でやったあのネタのことを思い出した。

「最初は緊張してたから覚えてないけど、途中から不安が消えていったような気がする。お客さんを励ますためにやってるんだけど、自分を励ましているみたいな感覚というか……」

幸子さんはうなずいて言った。

「実は『他人に対する言葉や行動は、自分に対する言葉や行動』でもあるんですよ」

「え？　どういうこと？」

「たとえば、貧乏のことを悪く言う人がいます。するとその人は、自分が貧乏になりそうになると『ああ、自分はだめな人生を送っている』と自分自身を責めなければばならなくなります。また逆に、人の良いところを見つけられる人というのは、自分の良い部分も見つけることができます」

「なるほど……」

「ハローワークのネタをしたとき勤太郎さんの心から不安が消えていったのは、『他人の不安を消してあげよう』としたからなんです。他人に対して『お金がなくても大丈夫だよ』と言ってあげることで、同時に、自分の中にある『お金がないと困る』という不安を消すことができるのです」

そして、幸子さんは言った。

「だから、自分が困っているときに人を助けてあげられる人は、『困っている』という感情から抜け出すことができます。そして、そのとき人は——大きく変わります。当たり前のように、人を喜ばせることができるようになるのです」

それから幸子さんは、

「勤太郎さん」

僕の名前を呼んだあと、咳き込みながら言葉を続けた。

「松田さんを助けてあげてください。それが勤太郎さんの人生にとって大切なことになるはずです」

「う、うん」

幸子さんの言葉にうなずきながらも、僕はなんともいえない胸騒ぎを感じた。

これまで幸子さんがこんな風に、僕に何かをするよう言ったことはなかった。しかも、幸子さんが言っているのは、僕が貧乏神から嫌われるための方法だ。

（もしかしたら……）

そう思いかけて、心の中でその考えを打ち消した。だって、僕が松田を助けるということは、僕自身は借金を返済する手段を失うわけだから、ずっと貧乏のままのはずだ。

だから幸子さんが僕の前からいなくなってしまうなんてことはない。

絶対にない。

——このときの僕はそう考えていた。

［金無幸子の課題］

自分が困っているときに、困っている人を助ける

9

僕と幸子さんは家の近くの公園で釈迦と待ち合わせた。

幸子さんの提案で、松田のことを釈迦に相談することにしたのだ。

僕はあまり気が乗らなかったが、

「お釈迦様は、慈悲深い方です。松田さんを助けるためにきっと力を貸してくれるはずです」

そう言う幸子さんの考えに従うことにした。

公園の木はすっかり葉を落としていた。雪が降ってもおかしくないくらいの気温なのに、現れた釈迦は袈裟一枚の姿だった。

「寒くないんですか?」

僕の質問に釈迦は、

「必要最小限のもので生きる――それが私の美学です」

そう言いながら寒さにプルプルと震えていた。

それから僕は松田のことを釈迦に話した。死神の相方が自分の後輩の松田であること、そしてリアル・ゴッド・オブ・コントで優勝しなければ松田は助からないということを。

釈迦は「弱りましたね」と肩をすくめて言った。

「死神といえど、あくまで神。神が他の神の行為に口出しすることは禁じられているのです」

そして釈迦はしばらく考えたあと、意を決するように言った。

「わかりました。私はゴッド・オブ・コントを棄権しましょう」

思いがけない言葉に僕は顔を上げた。そのとき釈迦の表情は、優しく慈愛に満ちていた。

「リアル・ゴッド・オブ・コントのルールでは『ゴッド・オブ・コントで最も勝ち進んだ神』が勝利となります。だからライバルは少なければ少ないほど松田さんが生きる可能性は高まります」

そして釈迦は口元に笑みを浮かべた。

「それに、私の相方は芸人ではなく仏教徒ですからね。私とのネタ合わせではいつも『こんなバチ当たりなことはできません！』と泣きながら私のボケにツッコミを入れていましたから。棄権すると言ったらむしろ泣いて喜ぶと思います」

それから釈迦は顔をこちらに向けた。

「ただ、言っておきますけど、これはあなたのためではありませんよ。松田という未来ある青年のため、そして何より――」

釈迦は凛々しい表情を幸子さんに向けた。

「幸子さんの願いだからです」

「お釈迦様、ありがとうございます」

幸子さんが釈迦に抱きついた。釈迦はおほほほと満足そうに笑った。僕はその様子を忌々しい目で見ていた。

「しかし」

釈迦は真剣な表情に戻って言った。

「ゴッド・オブ・コントに参加している神々は、人一人死のうが『自然に還るだけでしょ?』と考えるような連中ばかりです。棄権させることはできませんよ」

僕は釈迦の両目をまっすぐ見て言った。

「僕が『デスマイル』を神々の中で一番のコンビにしてみせます」

松田を助けたい一心で口にした言葉だった。釈迦は皮肉の一つでも返してくるのだろうと思ったが何も言わなかった。ただ、静かな表情を幸子さんに向けていた。

しばらくして釈迦は言った。

「『ガネちゃん勤ちゃん』はどうするのですか?」

――そうだ。確かにそれが一番の問題だ。

松田を助けると決めてから、『ガネちゃん勤ちゃん』が『デスマイル』と優勝を争うような状況になったら、本番で手を抜けばいいんじゃないかと考えたこともあった。しかし、それはやってはいけないことだと思い直した。

ガネーシャは、いつも駄洒落ばかり言っているし、笑いのセンスは絶望的にないけれど、すごく笑いを愛している。ガネーシャのそういうところは好きだったし、そんなガネーシャにウソをつくようなことをしてはいけない気がした。

「正直に、言おうと思っています」

僕の言葉に釈迦は眉をひそめた。

「しかし、ガネーシャ様はそう簡単にはあきらめてはくれないでしょうね。もともとリアル・ゴッド・オブ・コントの言いだしっぺはガネーシャ様みたいなところがありますから」

事の難しさにため息をつく。釈迦は続けた。

「それに、ガネーシャ様は一度機嫌を悪くしたら何をするか分かりませんよ。普段はあのように振る舞われていますが、底知れぬ力を持つ神ですから」

（底知れぬ力を持つ神……。まったくそんな風には見えないけど……）

釈迦の言葉はにわかに信じ難い部分もあったが、ガネーシャが何をしでかすか分からないというのはそのとおりだった。幸子さんが言った。

「ガネーシャ様の気持ちを鎮める方法はないのでしょうか？」

すると釈迦はアゴに手を添えて言った。

「ないことは、ありません」

釈迦は続けた。

「実は、ガネーシャ様は、こちらの世界にやってくる前に必ず行うことがあります。それは――自分の大好物を忘れるということです」

「大好物を忘れる⁉」

僕と幸子さんは同時に言った。

「なんでそんなことをするんですか？」

僕の質問に、釈迦はガネーシャの声色を真似て言った。

「『大好物を忘れといたら、また出会うときの感動を味わえるやん？』とのことです」

　そして釈迦は、空を仰ぎ見て言った。

「世界とはつまり、そのような場所なのですよ。感動するために、忘れて来るのです」

　言葉の意味が分からなくて首をかしげていると、釈迦がため息をついて言った。

「まあ、あなたレベルの人間が理解するには、あと数十回は人生を繰り返さねばならないでしょう」

　釈迦の言葉にカチンときた僕は少し声を荒げた。

「そんなことより、早くガネーシャの大好物を教えてくださいよ」

　すると釈迦は首を横に振った。

「タダで教えるというわけにはいきませんねぇ」

（こ、この期に及んで何を言い出すんだこいつは！）

　僕はさらに声を荒げて詰め寄った。

「じゃあどうすれば教えてくれるんですか」

するど釈迦はちらりと幸子さんに視線を向けた。

「チューを」

「はあ⁉」

釈迦はさりげない口調で言った。

「幸子さんとのチューを」

「チューって、キスのことですか」

目を丸くして言うと、釈迦は何も言わずにこくりとうなずいた。僕は頭に血が昇っていくのが分かった。

「な、なんでそんなことしないといけないんですか⁉　だいたい交換条件なんておかしいでしょう！　それにあなたは自分の教えの中で、そういうことを禁止してませんでしたか⁉」

「黙らっしゃい！」

突然、釈迦が叫んだ。その叫び声は公園中に響き渡り、近くにいたハトの群れが一斉に空に向かって飛び立った。釈迦は合掌し、会釈をして言った。

「私の教えは人に向けて作られたもの。神である幸子さんにはあてはまりません」

（な、なんなんだその滅茶苦茶な理屈は――）

あまりのバカバカしさにあきれ返っていると、思いがけない言葉が耳に飛び込んできた。

「勤太郎さん、ちょっと向こうを向いていてもらえますか？」

「な、何言ってるの幸子さん。こんなやつの言うことなんて聞く必要ない――」

僕がそう言ったときだった。

僕は――自分から目をそらさなければならなかった。

目をそらした先で、太陽の陽射しが作り出す二人の影が、ゆっくりと重なっていった。

そしてそれは、僕が幸子さんと出会ってから一番長く感じた時間だった。

*

「『ガネちゃん勤ちゃん』を解散したいんです」

ガネーシャの前で正座して神妙な表情で言うと、ガネーシャは大きく目を見開いて言った。

「やるやん」

ガネーシャは感心するように言った。

「勤ちゃんがそういうハイレベルなギャグ言えるようになるんを、ワシ待ってたんやで」

そして立ち上がると冷蔵庫を開いて言った。

「とりあえず祝杯やな」

缶ビールを開けようとするガネーシャの手を止めた。それから僕は、死神の相方は後輩のガツン松田であり、これからは松田への協力に専念したいのでガネーシャと一緒にゴッド・オブ・コントを勝ち進むことができないことを説明した。

するとガネーシャはテーブルを何度も叩きながら言った。

「そこまで言うならこうしようや。『ガネちゃん勤ちゃん』を『勤ちゃんガネちゃん』にしたるわ！　それでええやろ！」

「いや、名前の順番とかそういう問題じゃ……」

「嫌や嫌や嫌や嫌や嫌や嫌や嫌や嫌や嫌やぁ！」

ガネーシャは床の上で横になりゴロゴロと転がり始めた。そして、子どものように手足をバタバタと動かして言った。

「なんでやねん！　なんでせっかくええコントできたのに解散せなあかんねん！」

そんなガネーシャの姿は、楽しみにしていた遠足が雨で中止になってしまった小学生を見ているようで胸がしめつけられた。

「本当にすみません……」

僕は謝ったが、ガネーシャは相変わらず手足をじたばたさせていた。目には涙が溜まってきており、このままだと確実に泣き出すことになるだろう。

僕は、脇に置いておいた鞄に視線を移した。

釈迦から聞いたガネーシャの大好物――それはもう、冗談じゃないかと思うような代物(しろもの)だった。

(本当に、こんなもので――)

そう疑いながらも、それ以外の方法が思いつかない僕は鞄から取り出したものをガネーシャの前にそっと差し出した。

ガネーシャは赤くなった目をこちらに向けると、むくりと起き上がった。

「何、これ?」

「これはその……」

言葉に詰まりながら、僕はその名前を口にした。

「あんみつです」

「あんみつ？　あんみつて何？」

（やっぱりこんなものではガネーシャの機嫌は直らないんじゃないか）

不安になりながらも一応説明した。

「あんみつというのは、日本に昔からあるお菓子です」

「ふうん……」

あんみつの容器を持ち上げたガネーシャは色々な角度から眺めて言った。

「これどうやって食べるん？」

「スプーンがついていますので」

ガネーシャは蓋を取って中からスプーンを取り出した。そして、封を開けてスプーンを手に持つと、そっとあんみつの容器の中に入れた。

あんみつの具をのせたスプーンが、ガネーシャの口の中にゆっくりと運び込まれていく。その様子を僕は緊張しながら見つめていた。静まり返った部屋の中で、ガネーシャのあんみつを食べる音だけが響いていた。ガネーシャは言った。

「……うま」

そしてガネーシャは、

「なんやこれ！　めっちゃうまいやん。めっちゃうまいやん！」

そう叫んだかと思うと、ものすごい勢いであんみつを口の中にかき込み始めた。

「寒天の透明感とあんこの存在感が見事にマッチしてる！　このコンビはワシの舌という舞台の上で完璧なパフォーマンスを見せよったで！　ただ、さすがに寒天とあんこだけやと飽きてくる……と思たところに白玉や！　なんや自分ら、コンビや思てたらトリオやったんかい！！！　この白玉のあどけない赤子のようなモチモチ感がクッションとなって再びワシを寒天とあんこのコンビネーションに誘うんや！この三位一体の組み合わせ、まさにアンビリーバボーやで！」

こうして、瞬く間にあんみつを食べ終えたガネーシャはチラッと視線をこちらによこした。僕は、急いで鞄の中から次のあんみつを取り出した。

「ええのん？」

僕がうなずくと同時に、ガネーシャは長い鼻をビュンとすごい勢いで伸ばして、僕の手からあんみつを奪い取った。そのとき僕は、釈迦から聞いた言葉を思い出していた。

「ガネーシャ様のあんみつ好きは想像を絶するものがあり『わんこ蕎麦か』というくらいの勢いで食べ続けますので少なくとも鞄一つ分は用意しておいてください」

最初この話を聞いたときは（バカバカしい）と思ったけど、この状況を目の当たりにした今、指示どおりにしておいて本当に良かったと胸をなでおろした。

それからガネーシャは、一切の休憩をはさまずに用意したすべてのあんみつを平らげると、大きなゲップを一つしてから言った。

「おおきに」

「いえ……」

僕はガネーシャが満足してくれたことに安心したが、ガネーシャの顔を見て驚かされた。

――ガネーシャは泣いていたのだ。ガネーシャは、ずずっと鼻をすすり上げながら言った。

「ワシのためにこんなええもん用意してくれて。ほんまおおきにやで」

僕は（このビッグチャンスを逃してはならない）と思い、すかさずガネーシャに頭を下げた。

「いえ、こちらこそ本当にすみません……」

「ええねん、ええねん」

ガネーシャは手を振りながら言った。

「確かに、勤ちゃんとお笑い続けていかれへんのはつらいけども、相方が本当にやりたいこと見つけたんなら全力で応援する、それがホンマのお笑いコンビちゅうもんや。少なくともワシはそういう思いで『ガネちゃん勤ちゃん』やってきたんやで」

ガネーシャの瞳は、まるで多くの星を宿しているかのようにきらきらと輝いていた。

このとき僕は悟った。今までずっと勘違いしていたけど、ガネーシャは本当は心の美しい、優しさにあふれた神様なのだ。

「あ、ありがとうございます」

僕も目に涙を浮かべながらガネーシャの手を取った。そして深く頭を下げて言った。

「すみません、僕のせいで——ゴッド・オブ・コントを棄権させるようなことになってしまって」

するとガネーシャはきょとんとした顔をした。

「どういうこと?」

「いや、だからその……僕はもう出られないので」

「うん。それは分かる」

「だから棄権ということに」

「いやいや、なんでワシが棄権せなあかんの」

「はい？」

僕は眉をひそめながら顔を上げたが、驚いて「えっ⁉」と声が出てしまった。

僕の目の前にあったのは――僕の顔だった。

僕そっくりの顔をしたガネーシャは、僕とまったく同じ声色で言った。

「今日からワシは『ガネちゃん勤ちゃん』の勤ちゃんの方やで」

「ど、どういうことですか？」

焦る僕の前で、ガネーシャはタバコを取り出して火をつけた。ライターの炎がガネーシャの顔を怪しく照らし出す。

「まあ、今思えば一次予選をゾウの姿で出といたんはラッキーやったな。あれやったら人間が着ぐるみ着てたっちゅう設定でごまかせるやろ」

それからガネーシャは独りごとのようにつぶやいた。「『あんみつ』で思い出したけど、人間の相方、あいつでええかもなぁ」

「あ、あの」

「何？」

僕はガネーシャに懇願するように言った。

「後輩の、松田の命がかかってるんです」

しかしガネーシャは目を細めて言った。

「自分――上杉謙信くん知ってるか？」

そしてガネーシャは、天井に向かってタバコの煙を吐き出した。

「謙信くんはな、宿敵の武田信玄くんが死んだとき家臣から『今、武田を攻めれば勝つことができます』て進言されたんや。でもな、その言葉をピシャリとはねのけてこう言うたんや。『若い勝頼に代替わりしたところを狙うとは大人げない振る舞いだ！』てな。まあこれは美談になってるんやけど――ワシから言わせたらとんだ勘違いや。謙信くんはな、国を取ることより他のことを優先してもうたんや。せやからめちゃめちゃ実力あったのに天下取れへんかったんやで」

ガネーシャは鼻から煙を吐き出しながら言った。

「まあ、人生で何を大事にするかは人それぞれや。でもなぁ……」

そしてガネーシャはくわっと目を見開き、人差し指を天井に向けて言った。

「このガネーシャが目指すんは天下や！　どんだけ多くの屍（しかばね）踏み越えてでも、ワシはお笑いの天下を取るんや！」

そのときのガネーシャの両目はまるで燃え盛る炎のようで――僕は、一瞬でもこんなやつを（心の美しい神様だ）と思ったことに対して自己嫌悪に陥った。

［ガネーシャの課題］

優先順位の一位を決める

10

ゴッド・オブ・コント三次予選の舞台上では、松田と死神のコンビ『デスマイル』がコントを披露していた。僕はメモ帳を片手に観客の反応を観察していた。

以前、ガネーシャから教わったチャップリンの逸話を思い出す。チャップリンは、自分の映画の試作を人に見せてその反応をつぶさにメモしていたということだった。

観客の反応から学ぶことは多かった。自信があった台詞にまったく反応しなかったりする反面、思いがけなく大きな笑いが取れたりする部分もある。もちろんその場の空気や状況も影響しているけど、ウケた理由を分析していけばお客さんをもっと笑わせる台本を作ることができるはずだ。

『デスマイル』のコントが終了すると、僕は舞台袖の控室に行き、素晴らしかった点を一つ一つ丁寧に伝えた。舞台を終えたばかりの演者は、たとえ客席がウケていたとしても不安になるものだ。松田のやつれた顔が晴れやかになり、ポーカーフェイスの死神も満足そうにうなずいていた。

――最初のころ僕を警戒していた死神は、徐々に意見を聞き入れるようになってくれた。僕が他の神様の情報を持っていたことも重宝されたのかもしれない。

また、僕自身も、『デスマイル』のコントを見て問題を指摘し、ネタを修正していく作業に適性を感じていた。自分のネタを考えるときとは違って、課題が浮かび上がってくるような感覚があるのだ。

こうして控室で松田たちと軽くミーティングした僕は、再び観客席に戻った。ガネーシャの――『ガネちゃん勤ちゃん』のコントを見ておきたかった。ガネーシャが僕の代わりにどんな相方を選んだのかが気になっていた。

『ガネちゃん勤ちゃん』のコントが始まる前、周りから怪しまれないようにマスクをした。偽物の勤ちゃんに気を遣って本物の僕が変装しなければならないのは妙な気分だ。

舞台が明るくなり、セットが浮かび上がった。

『ガネちゃん勤ちゃん』のネタは、今までどおりの『Bar エレファント』だ。登場したガネーシャは僕の姿だったが、ゾウは着ぐるみに変わっていた。やはり、ガネーシャのリアルなゾウの姿に比べるとインパクトに欠ける。

さらにコントが始まると、着ぐるみに入っている人の演技は素人同然であることが分かった。台詞は棒読みに近く、笑いを取る間やタイミングがまったく合っていない。

また、僕の姿をしたガネーシャもところどころに関西弁が入ってきて、中途半端な人物設定になっていた。

こうして二人の演技はかみ合わないまま『ガネちゃん勤ちゃん』はコントを終えた。

（ガネちゃん勤ちゃんが三次予選を突破するのは難しそうだぞ……）

複雑な気持ちで客席を立った僕は、控室をのぞきにいくことにした。

すると、なぜか控室の前には人だかりができていた。

その間を縫うようにして入っていくと、控室の片隅にガネーシャの姿が見え、その前に四十代くらいの男の人が正座していた。下半身はゾウの着ぐるみを着ているので、ガネーシャの新しい相方の人だろう。周囲にいた芸人たちが、その男の人を指差してひそひそ声で話している。

「おい、あの人、建築家の……」

僕はその人の名前を知らなかったが、かなり有名な建築家のようだ。

（ガネーシャはどうして建築家の人なんかを相方に？）謎は深まるばかりだったが、

ガネーシャはその人に対して上から目線のダメ出しを続けていた。

「自分、ワシと会うてへん間、何してたんや」

「……」

「ワシがあんだけ『笑い』について教えたったのに、全然成長できてへんやん」

「すみません」

「『すみません』で済む話やあれへんやろ！　自分が何したか分かってんのか？　このガネーシャの看板に泥塗ったんやで！　建築家として多少成功したんか知らんけど、笑いの方の建築が全然できてへんやん！」

そしてガネーシャはテーブルをバン！　と叩いて叫んだ。

「ワシが教えた成功法則は全部忘れてもええ。ただ、笑いは——ワシが自分に叩き込んだ一線級の笑いだけは、絶対忘れんなや！」

男の人はペコペコと頭を下げながら、空になったあんみつの容器を下げ、新しいあんみつをガネーシャに差し出した。

（過去に、ガネーシャに会ったことがある人なのかもしれない……）

その男性に興味がわいたが、僕の姿をしているガネーシャの前に本人が出ていくわけにもいかず、控室をそっと離れた。

*

「た、ただいま……」

僕は右手でドアノブを回し、足を使って扉を開いた。

そして、背中におんぶしていたガネーシャを玄関に降ろすと、ガネーシャはぐえっと唸(うな)ってそのまま玄関に倒れ込んだ。

「ど、どうされたのですか、ガネーシャ様!」

釈迦が駆け寄ってきて、ガネーシャに寄り添うようにひざまずいた。ガネーシャは顔を上げ、真っ赤になった目を釈迦に向けた。その目には、みるみるうちに涙が溜まっていった。

「シャ、釈迦ァ!」

ガネーシャは涙を流しながら釈迦に抱きついた。

部屋の奥で横になっていた幸子さんも立ち上がってこちらに来て言った。

「ガネーシャ様に何かあったのですか」

「うん……」

——僕は一部始終を説明した。

ゴッド・オブ・コントの三次予選が終わるとすぐに、三次予選を突破したコンビが発表された。『デスマイル』は無事通過したが『ガネちゃん勤ちゃん』は敗退してしまった。そして、その結果を知るや否やガネーシャは、

「なんでやねん！　なんでワシが通ってへんねん！」

と番組のプロデューサーにつかみかかって叫んだのだ。

「おい小僧！　ワシが誰だか分かってんのか？　神様やで！　正真正銘の、笑いの神様なんやで！」

「つまみだせ」

ガネーシャは、守衛の人たちの脇を抱えられるようにして外に連れ出されたが、そのまま泣きながらどこかへ走り去っていった。そして、しばらくすると、なじみの居酒屋から僕の携帯電話に「あなたの知り合いが暴れている」という連絡がきた。

行ってみると、店のカウンターに顔を突っ伏したガネーシャが、

「もうワシは絶対に人間なんかとコンビ組まへん。ワシの相方は釈迦や。釈迦だけや……」とうめくように言い続けていた。

僕は居酒屋の店主に平謝りに謝って、ガネーシャをおんぶして部屋まで持ち帰っ

てきたのだった。

　ガネーシャは釈迦に抱きついて言った。

「釈迦ァ！　やっぱりワシの相方はお前や！　お前だけやで！」

「あ、ありがたきお言葉！」

　釈迦も目に涙を浮かべて何度もうなずいた。

「ワシがあかんかったんや！　ワシとお前のコンビが神様界最強のはずやのに、たった一人の笑いの神様ちゅう称号にこだわって『リアル・ゴッド・オブ・コント』なんちゅう茶番を始めてもうた」

「いいんです、ガネーシャ様。ガネーシャ様がそのことにお気づきになられただけで、この大会を開催した意味があったというものです」

「シャ、釈迦……」

　そして釈迦とガネーシャは熱い抱擁(ほうよう)を交わした。長い、抱擁だった。

　それからガネーシャはパッと目を輝かせて言った。

「そうや釈迦。久々にコントせえへんか！　色々あったけど、本来のワシらの笑い、思い出しときたいんや！」

すると釈迦は悲しそうな表情で言った。

「そうしたい気持ちは山々なのですが……グブボッ！」

そう言うと釈迦は口をおさえて倒れ込んだ。

「ど、どうしたんや⁉」

ガネーシャはあわてて釈迦を抱き起こした。しかし、釈迦の顔は真っ青になっており、口からは血を流していた。釈迦は、とぎれとぎれに言った。

「実は……力を……使ってしまいました」

ガネーシャは釈迦の肩をつかんで揺らした。

「力やて⁉　自分、もしかして、また——『時を止める力』を使ってもうたんかいな！」

「はい……」

釈迦はうなずくと、またグフッと口から血を吐いた。

「私は、ゴッド・オブ・コントに出るのが怖かった。なぜなら——もし、私のコントがつまらなかったら、ガネーシャ様から見捨てられてしまうのではないかと思ったからです。だから私は時を止め、相方とコントの練習をひたすら続けました」

「ひたすらて……どんくらい時間止めたんや」

「三年です」

「さ、三年やて⁉　自分、三年も時を止めたんかいな！」

「……はい。三年間、毎日欠かさず、コントの練習を――シャカリキに、シャカリキに――続けてまいりました」

「そうか……。せやから、自分らのコンビ名は『シャカリキーズ』やったんやな」

釈迦は無言のままこくりとうなずいた。

「私の命が燃え尽きることよりも、ガネーシャ様に『釈迦、おもろない』と思われることの方が私にはつらかったのです」

「釈迦……」

「ガネーシャ様、そんな顔はやめてください。私は幸せです。ガネーシャ様から『相方はお前しかいない』というお言葉をいただけました。それだけで私は満足して旅出つことができます」

そして釈迦は、震える人差し指をゆっくり持ち上げると、天を指差して言った。

「天上天下……」

しかしガネーシャは、釈迦の人差し指に自分の手を覆いかぶせた。

「その言葉は言わせへんで！　ワシが……ワシがお前を助けたるからな！」

そしてガネーシャは首からさげていたハートマークのペンダントを手に持った。

「ガネーシャ様、そのペンダントは――」

ガネーシャは釈迦を見て、ゆっくりとうなずいた。

「そうや。神の中の神――トップ・オブ・ゴッド――であるところのワシのみが持つことを許されたペンダントや。これを使えば自分を助けられるはずやで」

「ガ、ガネーシャ様……」

釈迦は涙を浮かべた目でガネーシャを見つめた。

そしてガネーシャが胸のペンダントを開こうとした、そのときだった。

「あれ？」

「……どうされました？」

「開かへん」

「え？」

「ペンダントが開かへん！　ずっと使てなかったから蓋（ふた）がカッチカチになってもうてる！」

ガネーシャは必死の形相でペンダントを持つ手に力を込めた。しかしペンダントはびくともしない。すると、釈迦はガネーシャの手にそっと自分の手を重ねて言った。

「ガネーシャ様、これもまた――運命なのでしょう」

「シャ、釈迦……」

そして釈迦はすべてを悟ったような穏やかな表情で言った。

「私は、ガネーシャ様とコンビを組むことができて、この宇宙に存在する『神々』の中で、一番の幸せ者でした――」

「あ、あかんで釈迦……」

しかし釈迦は、止めようとするガネーシャを制して、人差し指を天に向けると言った。

「て、て、てんじょ、てんじょてんげ、ゆ、ゆ、ゆいが、ゆいがどくそ……」

するとガネーシャは釈迦の頭を思い切りはたいて言った。

「自分、死に際の台詞、神々だけに噛み噛みやないかい！」

そしてガネーシャと釈迦は突然立ち上がってハイタッチをすると、

「はい、オーマイゴッド！」

と同時に叫び、これ以上にないキメ顔でこちらを見てきた。

ガネーシャと釈迦は完全に静止したまま、鋭い視線を僕たちに向け続けている。

(こ、これはどうしたらいいんだ――。この場合、無理にでも笑うべきなのか――)

こうして、気まずい空気が部屋中に広がっているときだった。

まるで助け舟のように、ピンポーン、というインターホンの音が鳴り響いたのだ。

僕は(助かった……)と思いながらインターホンの受話器を取った。

すると、ドスの利いた声が受話器から響いてきた。

「西野さん? ハッピー・ファイナンスの者だけど」

その名前を聞いて、一瞬で身体が凍りついた。僕の携帯電話に何度も連絡をしてきた消費者金融の名前だった。電話の対応でなんとか返済を待ってもらっていたが、ついにしびれを切らして自宅に押しかけてきたのだ。

頭の中で機械音が鳴り響く。パニックの症状が出始めた。ここで逃げてはダメだと必死で自分に言い聞かせるのだけど、体が動かない。頭が真っ白になり、本で勉強した知識も何ひとつ思い出すことができなかった。

と、そのときだった。

「ワシに任しとき」

振り向くと、そこには仁王立ちをするガネーシャがいた。

ガネーシャは僕に向かって静かに微笑むと、僕の手から受話器を奪い取り、大声で叫んだ。

「何しに来たんじゃこのアホンダラァ！　この際はっきり言うとくけどなぁ、自分らに払う金なんて一円もあらへんのや！　ええか？　こっちが素人や思たら大間違いやで！　こっちはなぁ、『ナニワ金融道』や『闇金ウシジマくん』読んでめちゃめちゃ勉強してんねん！　自分らのやり方なんて全部分かってんねんで！」

そしてガネーシャは受話器を釈迦に渡しながら言った。

「ほれ、釈迦もなんか言うたって」

「かしこまりました」

釈迦は静かにうなずくと、すっと息を吸い込み、受話器に向かって叫んだ。

「飢えたハイエナどもよ！　この神聖なる場所は貴様たちのような薄汚れた愚か者が足を踏み入れて良い場所ではない！　貴様たちが行くべき場所はただ一つ――地獄だ！　ゴートゥヘル！　キルユー！　ファッキン、ヤミキン！」

さらにその横からガネーシャが顔を割り込ませた。

「ワシらのバックに誰がついてんのか知ってんのか⁉　神武会の芝さんやで⁉　自

分らみたいな下っ端かて、芝さんの名前くらい聞いたことあるやろ？　ワシらに何かあったら芝さんが黙ってへんで！」

「あ、あの……！」

　僕は、興奮のあまり我を忘れているガネーシャの肩を何度も叩いた。ガネーシャはヤクザ映画の登場人物になりきった表情をこちらに向けて言った。

「何や⁉」

「あ、あの、玄関が」

「玄関が、何や？」

「開いてました」

「なんやて――」

　ガネーシャが振り返ったときには、スーツを着た中年の男とラフな格好をした若い男が、土足のまま部屋にあがりこんできていた。

　――さっき、ガネーシャを背負ったまま玄関の扉を開けたとき、鍵をかけ忘れていたのだ。

　二人の男は僕たちの前に立つと言った。

「今叫んでたのは、どいつだ？」

「そ、それは……」

隣を見ると、ガネーシャと釈迦は、同時に僕を指差していた。

(そ、そんな――)

僕は口を動かしたが、恐怖のあまり言葉が出てこなかった。若い男が拳を振り上げるのが見えた。

(殴られる!)

とっさに目を閉じたのだけど、なぜか拳は飛んでこなかった。

おそるおそる目を開くと、僕の目の前には幸子さんが立っていた。しかも、幸子さんは――男の頬に平手を食らわせたのだ。

(な、なんてことを――)

僕は恐怖でその場に固まった。そんなことをしたら男を逆上させるだけじゃないか――。

しかしなぜか男に反撃してくる様子はなく、

「ん? あれ?」

と不思議そうにあたりをきょろきょろと見回している。明らかに様子が変だ。

「おい、どうした?」

中年の男にたずねられると、若い男はきょとんとした顔で言った。

「あんた誰？」

それから「つーか、ここどこ？」と不思議そうに首をかしげている。

（一体、何が起きたんだ――）

事態が理解できずその場に立ち尽くしていると、ガネーシャが目を見開いてあわあわと口を動かした。

「『貧多（ビンタ）』や――」

「貧多？」

「貧乏神に顔をビンタされた人間は思考能力や記憶力が『貧しく』なってまうんや。噂には聞いとったけど、ワシも実物を見るのは初めてやで」

「ええ!?」

（貧乏神は何もできないんじゃなかったのか――）

唖然として幸子さんを見ると、幸子さんは小さくおじぎをして微笑んだ。

「おい、しっかりしろよ！」

中年の男が若い男の頬をはたいた。しかし反応は薄く、うつろな視線をあたりに漂わせている。中年の男は幸子さんをにらんで言った。

「お前、今何した？　クスリでも打ちやがったんじゃねーのか⁉」

そう言って幸子さんの腕をつかもうとしたが、幸子さんは素早く手のひらを男に向けると掌底を打ち込んだ。

ただその力は弱く、男は「ん？」と蚊にでも刺されたような顔をしていた。しかし、しばらくすると突然叫びだした。

「やべえ！　家を出るとき電化製品のコンセント抜き忘れた！　このままだと、今日だけで13円の無駄遣いだ！」

それから、ハッと思い出したように言った。

「そういえば、昨日捨てた焼き鳥の串、箸としてリサイクルできたんじゃないか⁉」

そして男は、

「こんなことをしてる場合じゃねえ！」

と言い残すと、若い男を引っ張って部屋から出て行ってしまった。

二人の後ろ姿を放心状態で眺めている僕の隣で、ガネーシャが言った。

「今のは『貧乏掌』や――。この技を受けると誰もが貧乏性になり『もったいないことをしている』という気持ちでいっぱいになってまう技や――」

（さ、幸子さん――）

幸子さんの隠し持っていた力に驚きつつも、助けてくれたことに感謝しようと幸子さんの元へ駆け寄った。

するとと幸子さんはふらふらとして、その場に崩れ落ちそうになった。

「大丈夫⁉」

あわてて幸子さんの体を支えたが、そのとき幸子さんの細い体がさらに細くなっているように感じた。持っている力を使い果たしてしまったようにも見える。

「勤太郎さん」

「は、はい」

幸子さんに名前を呼ばれた僕は、思わずかしこまって返事をした。

幸子さんは言った。

「あの人たちはきっとまた来るでしょう。それに他の業者の人たちも……」

僕が再び込み上げてくる不安を感じていると、幸子さんは意を決した表情で言った。

「借金のことを、ガツン松田さんに相談してください」

「――どういうこと？」

幸子さんが咳き込み始めた。幸子さんは手で口をおさえながら言った。

「勤太郎さんが、今、借金で困っていること。そして、もし『デスマイル』がゴッド・オブ・コントで優勝したら、その賞金を借金返済に充てさせてほしいと言うのです」

「で、でも……」

僕は言葉に詰まった。確かに、そんなことができれば僕にとっては理想的な話だ。でも、今の松田に対してそのことを口にするのはためらわれた。

すると幸子さんは言った。

「私が今までお伝えしてきたこと、覚えていますか？」

僕はメモ帳を取り出した。これまで幸子さんから聞いたことは、僕なりにまとめてある。

「お金持ちになるためには、愛を楽しむこと」

お客さんを喜ばせる、困った人を助ける、これは一言で言えば他人を愛するということだ。でも、僕たちにとって愛は、それを口にするのも恥ずかしいくらい「道徳的」で、「しなければならないこと」になっている。だからこそ多くの人は、人を愛することを「楽しむ」習慣がないのだろう。でも本当は、僕たちにとって人を愛することは楽しくて気持ち良いことで、普段使っている言葉や行動をほんの少し変えるだけで、その気持ち良さに気づくことができる――それが幸子さんの教えだった。

幸子さんは僕の話をじっと聞いていたが、僕が話し終えると同時に口を開いた。

「でも、それは『ボランティア』と何が違うのでしょうか」

幸子さんの口からその言葉を聞くことになるとは思っていなかった。なぜなら――それは、僕自身もずっと疑問に思っていたことだからだ。

人を喜ばせる、人に与える。でもそれを突き詰めていけば、報酬をもらわずにすべて無償で提供することが一番良いことになってしまう。実際にそういうことを教える宗教はあるのかもしれないけど、その人たちがお金持ちになっているわけじゃない。

幸子さんは言った。

「他人に与えることは大事です。でも、ただ与え続けるだけの人は――貧乏神に好かれてしまうのです。お金持ちになるためには、他人に与えるだけではなく、他人から受け取らなければなりません」

「受け取る――」

僕はしばらく考えてから言った。

「でも、やっぱり僕は、松田に借金のことを相談するなんてできないよ」

「どうしてですか」

「だって、僕が松田に協力しているのは、あいつを助けるためであって、お金のためじゃないから」

するとは幸子さんは言った。

「勤太郎さんは、『いい人』になろうとしていませんか？」

幸子さんの言葉にドキッとした。幸子さんは続けた。

「『いい人』というのは、他人を喜ばせるのではなく、他人から嫌われたくないという気持ちから自分の欲求をおさえつけてしまう人です。でも、そういう人が何かを手に入れることはありません。なぜなら――自分の欲求をおさえ続けることで、どんどん『やる気』を失ってしまうからです」

幸子さんの言葉を否定することはできなかった。

借金を返すあてもなく、自分の将来に対する不安をずっと抱えたまま、僕はどこまで松田を応援し続けることができるだろうか――。

黙って考え込む僕を励ますように、幸子さんは言った。

「勤太郎さん、自分が望んでいることを口に出してください。そして、他人を喜ばせるのと同じくらい、自分を喜ばせるようにしてください」

　幸子さんは、震える唇を動かし続けた。

「自分の欲求を口に出すと、他人の欲求とぶつかります。いい人ではいられなくなります。でもそうやって欲求をぶつけながら、それでもお互いが喜べる道を見つけていくこと――それが、成功するための秘訣なのです」

　そう言うと、幸子さんはまた咳き込んだ。苦しそうな幸子さんの姿を見ていると、僕はどうしても思わずにはいられなかった。

（もし幸子さんの言うことを実行してしまったら、幸子さんはどうなってしまうんだろう）

　幸子さんの体調は、僕が松田を応援し始めてから急速に悪くなっているように見える。これ以上幸子さんの言うとおりにすると、幸子さんの体は――。

　しかし、そんな僕の気持ちを見透かすように、幸子さんはまっすぐ僕を見つめて言った。

「このままずっといい人を続けるつもりですか？　そして何かを成し遂げることもなく、今の生活を続けていくんですか。勤太郎さんは、こんな生活をするために、会社を辞めてまで夢を追い始めたんですか?」

そして幸子さんは言った。

「勤太郎さん。何かを手に入れるということは、何かを手放すということです。そして何かを手放す覚悟のない人が——成功することはありません」

「幸子さん……」

僕は、そうつぶやきながら幸子さんの顔を見つめた。

そのときの幸子さんの表情は、僕よりも遥かに、覚悟を決めているように見えた。

［金無幸子の課題］

欲しいものを口に出す

11

十二月三一日の大みそか。

ゴッド・オブ・コント決勝戦の控室から舞台に向かう松田は言った。

「西野さん、任せてください。ガツンと優勝してみせますから」

そして松田は得意のガッツポーズを取った。僕は力強くうなずいて、松田と死神と固い握手を交わした。

――「もしゴッド・オブ・コントで優勝することができたら、その賞金を借金返済に充てさせてほしい」僕がそう言ったときの松田の反応は予想していたものとは違っていた。

事情を知った松田は驚いていたが、次第に納得して言った。

「つまり、これからは西野さんに気を遣う必要もないってことですよね」

僕は気づいていなかったのだが、松田は、僕が一方的に協力することにずっと負い目を感じていたようだった。

それから松田は僕に本音をぶつけてくるようになり、ときにネタに関して激しい言い合いになることもあった。しかし、この作業を通して松田と死神のネタは本当に素晴らしいものへと変貌を遂げていった。

「チームが一丸となって一つの目標に向かうとき、チームメイト全員が自分の能力を超えたとてつもない力を発揮することがある」

これは図書館の本で学んだ「フロー理論」と呼ばれるものだ。僕はこの理論を身をもって体験することになった。松田との共同作業では、今までとは比べものにならない集中力が生まれたり、自分でも驚くようなアイデアが次から次へと湧き出てきた。

さらに僕は、ガネーシャから学んだことも松田とのネタ作りに応用していった。ネタをビデオに録画して、たくさんの人たちに見てもらい彼らの意見を参考にした。毎回、細かく締切りを作って自分たちを追い込んだ。優先順位の一位を意識することで、作業の密度を高めていった。

ゴッド・オブ・コント優勝を目指して松田たちと悪戦苦闘した日々は、僕がお笑い芸人になってから最も充実した時間だった。

＊

「ただいま」

扉を開けて部屋に入ると、布団で横になっている幸子さんがこちらに顔を向けた。

その姿はやせ細っていて、体を少し動かすだけでもつらそうだった。

「勤太郎さん……戻ってきてしまって大丈夫なんですか」

「うん」

僕は鞄を机の脇に置きながら言った。

「僕にできることは全部やったからね」

部屋のテレビ画面の中では、すでにゴッド・オブ・コント生放送のオンエアが始まっていた。テレビの前に座っているガネーシャと釈迦は、

「ワシと釈迦が出てへんゴッド・オブ・コントなんて、ルーのないカレーみたいなもんやな。それは何や？ ナンや！ ナンばっか食べてもナンも盛り上がれへんわ！」

「うまい！ さすガネーシャ様です！」

そんなやりとりをしながらも、テレビから目が離せないようだった。やはり誰が優勝するのか気になるのだろう。

僕は横になっている幸子さんのすぐそばに腰を下ろして、テレビ画面に注目した。

――さすがは決勝戦だけあって、かなりレベルが高い。一組目のコンビ、二組目のコンビが共に会場を沸かせ、高得点をマークした。

そして三組目には、いよいよ『デスマイル』が登場する。

（頼むぞ。松田！　死神！）

僕は祈るような気持ちで松田と死神が登場するのを待った。

そして、司会者が『デスマイル』の名前を告げると、テレビ画面に松田のアップの映像が映し出された。

（すごい――）

つい最近まで僕と一緒に西新宿の小さな舞台に上がっていたガツン松田が、今、地上波のゴールデン番組という大舞台に立っている。そんな松田の輝きが羨ましく思えた。

しかし次の瞬間、

（よし！）

僕はテレビの前でガッツポーズを取っていた。

死神の第一声が会場を笑いで揺らしたのだ。松田のツッコミの切れ味も素晴らしい。

そして、彼らの掛け合いがウケるたびに、僕はまるで自分のことのように誇らしい気持ちになった。

『デスマイル』のネタの設定は、予選から続けているものだった。しかし、僕と一緒に改良を重ねたこのネタは、予選よりもはるかに大きな笑いを取っていた。

そして、ネタの内容を完全に知っている僕ですら、このコントに思わず笑い声を上げてしまった。それほどまでに、彼らのこの日の完成度は素晴らしかった。

こうして『デスマイル』のネタがクライマックスに向かい始めたころだった。

ゴホッ……幸子さんの咳込む音がテレビの声に重なって聞こえた。

「すみません」

幸子さんは口を手でふさいで、込み上げる咳を必死におさえている。

僕はすぐに幸子さんの方に体を向けて背中をさすろうと手を置いた。しかしその瞬間、思わず手を放してしまった。幸子さんの背中が、まるで氷のように冷たくなっていたのだ。

「幸子さん……」

僕が呼びかけると、幸子さんは唇を震わせて言った。

「勤太郎さん。ごめんなさい」

僕は首を横に振った。

「謝ることなんてないよ。別にテレビは今見なくてもいいし、とにかく幸子さんは楽にしてていいんだから」

「違うんです」

幸子さんは僕をじっと見て言った。

「もうお別れです」

——何を言われたのか理解できなかった。

「どういうこと？」

僕は動揺する気持ちを落ち着けようと、必死に口を動かした。

「だって、松田の優勝が決まったわけじゃないし、僕は借金だらけなんだから、これからも……」

幸子さんは僕の言葉をさえぎるように言った。

「心が先なんです」

そして、幸子さんは体を起こそうとした。僕は止めたが、幸子さんは「大丈夫です」と言って無理やり体を起こした。そして、顔をこちらに向けて言った。

「お金持ちになるか、貧乏のままでいるか、それは心が決めるんです。心が変わって、行動が変わって、その結果が世界に反映されます。そして勤太郎さん。あなたの心は変わってしまいました。だから私はもうこれ以上ここにいることはできません」

「こ、心は変わってないよ」

僕はひたすら口を動かし続けた。

「なんだっけ？　そうだ。幸子さんが言っていた『ドリーム貧乏』。相変わらず僕はそれだよ。周りのことなんて全然見えてないし、夢ばかり見続けるイタい男だよ。あ、あと僕は芸人辞める気ないからね。ほら、今テレビに映ってる松田を見て、すごい悔しいっていうか、なんであそこに立ってるのが俺じゃないんだってムカついてるくらいだから」

「本当ですか？」

そう言われて僕は口をつぐんだ。幸子さんは静かに言った。

「――もし、勤太郎さんが、『西野勤』さんのころだったらきっとそう思ったでしよう。でも、『勤太郎』さんは色々なことを経験してしまいましたから」

そして幸子さんはテレビ画面に視線を移した。

テレビの中では、ネタをやり終えた松田と死神が司会者とのトークを盛り上げていた。

僕はその様子を見ながら思った。

――お笑い芸人になる前は、とにかく多くの人に自分を見てもらいたかった。

多くの人に知られ、有名になることに意味があると思っていた。

でも、人前に立ち続けると気づくことがある。

それは、多くの人に見られるということは、多くの人に「採点される」ことであって、それ以上でもそれ以下でもないということ。もちろんそこで高い評価を受ければ、多くの人に喜んでもらえる。でも、もしその場で見せるものが失望されたとしたら、その失望もまた、多くの人に広がることになる。

だから大事なのはたくさんの人に見られることじゃない。

たくさんの人を喜ばせることなんだ。

ガネーシャと出会ってから三か月の間に、その思いはますます僕の中で強まっていた。

そして、ガツン松田と死神のコントが会場を笑いで揺らし、日本中のお茶の間が笑いで包まれていると思うと——僕はたまらなく幸せだった。

「お釈迦様……」

幸子さんが消え入りそうな声で釈迦を呼んだ。

立ち上がった釈迦は、音を立てず幸子さんの枕元に近寄った。釈迦は、これから幸子さんの身に起きるすべてのことを悟っているかのようだった。もしかしたら、釈迦はこうなることを、ずっと前から知っていたのかもしれない。

幸子さんは釈迦に向かって言った。

「お釈迦様、勤太郎さんに、あのお話をしてあげてくださいますか」

釈迦は静かにうなずいた。

そしてその場で坐禅を組むと、目を閉じてゆっくりと話し始めた。

「私がまだ仏になる前、名前をゴータマ・シッダルタと言いました。そのとき、私はシャカ族の王として何不自由ない暮らしをしていましたが、いつも心の中に疑問を抱いていました。それは、

『どうして人間は苦しみ続けなければならないのだろうか』

ということでした。

老い、病気、死……人間には避けることのできない苦しみがあります。どうしてこのような苦しみが存在しているのか。そして、これらの苦しみから逃れる方法を知ることができれば、多くの人々を救えるかもしれない。その思いは日増しに強くなり、私は城を出ることを決心したのです」

釈迦は続けた。

「それから、私は僧侶の導きにより出家をしました。そして、過去に誰もしたこともないような過酷な苦行を始め、何度も生死の境をさまよいました。

しかし、その生活を六年続けた私は『苦行の中に答えはない』と気づき、苦行を捨てました。そして菩提樹（ぼだいじゅ）の下で瞑想（めいそう）を始め、悟りを開いたのです」

釈迦は薄く目を開けて僕を見つめた。

「では、私にとって六年間の苦行はまったく意味のないものだったのでしょうか？城を出て苦行などせずに、ずっと瞑想をしていれば悟りが開けたのでしょうか？

私は、そうは思いません。

蓮華（れんげ）が清らかな高原や陸地ではなく汚い泥の中に咲くように、迷いを離れて悟りがあるわけではありません。迷いの中に、悟りの種はあるのです」

幸子さんが言った。

「この八年間は、勤太郎さんにとって決して楽な道ではなかったと思います。でも勤太郎さんは自分の信じる道に進み、色々な経験をしてきました。だから、今、自分が本当に進むべき道はどこなのか、気づいているのではありませんか？」

僕はその質問に答える代わりに、幸子さんに聞いた。

「――幸子さんは、そのことを知ってたの？」

幸子さんは微笑んで言った。

「私、見てましたから。勤太郎さんが、毎日夜遅くまでお笑いのネタを研究して、メモ帳に笑いのパターンを書き込んで、それを何年も続けているのを、勤太郎さんの隣でずっと、ずっと見てましたから。私が勤太郎さんのことで知らないことなんて、何一つありませんよ」

――松田のネタを見ていたとき、課題が浮き上がって見える感覚。それは、この八年間の「お笑い芸人として売れたい」という努力の中で培(つちか)われたものだった。

「自分、黒澤明(くろさわあきら)くん知ってるか？」

ガネーシャが口を開いた。

「彼はな、もともと画家目指してたんや。でも画家としては芽が出えへんかった。

ただな、映画監督になって、どういう映像作ろうかて思うたとき、画家目指して頑張ってきたことが全部生きたんや。せやから黒澤くんの映画はな、絵のカットも色彩も、他の監督と比べ物になれへんくらいすごいねんで」

そしてガネーシャは言った。

「黒澤くんだけやない。ジャイアント馬場くんは、もともと野球選手やった。オードリー・ヘップバーンちゃんや、アンデルセンくんはバレエダンサーを目指してたんや。カーネル・サンダースくんも、クリスチャン・ディオールくんも、エイブラハム・リンカーンくんも、元々は違う職業やった。ひとつの夢に破れて、他の分野で夢かなえた例ちゅうのはめちゃめちゃ多いんやで」

僕はガネーシャにたずねた。

「どうしてそんなことが起きるのでしょうか」

ガネーシャは、すぐには答えなかった。しばらくして、僕に向かって言った。

「自分はなんで芸人を目指し始めたんや?」

「それは……」

僕は会社を辞めようと思った、あのころのことを思い出しながら言った。

「人前に立ってたくさんの人を笑わせたり、テレビに出て有名になったりしたら、最高の人生が待っていると思ったからです」

「そうやな」

ガネーシャは深くうなずいて言った。

「自分は芸人に『憧れ』ていたんやな」

そしてガネーシャは顔を上げ、遠くを見通すような目をした。

「人が何かに憧れるとき、その世界はまるで夢の国のように見えるもんや。その仕事の中にあるつらいことや苦しいことには目を向けずに、ええところばっか見てまうからな。ダンデミスくんはこう言うてるわ――『人の幸福を羨んではいけない。なぜならあなたは彼の密かな悲しみを知らないのだから』。人が何かに憧れる理由はな、そのことを『知らへん』からやねん」

そしてガネーシャは顔をこちらに向けて言った。

「でもな、だからこそ人は『憧れ』を目指すべきやねんで」

ガネーシャは続けた。

「自分の知らへん場所は、思いもよらんかった色んな経験をさせてくれる。つまり、そこは自分が一番成長できる場所やねん。せやから、憧れる場所に飛び込んで、ぎょうさん経験して成長した人間が、自分にとって一番向いてることを見つけたとき――自分にとっても、お客さんにとっても、最高の状態を生み出すことができんねんで」

ガネーシャは表情を和らげて言った。

「人間の赤ちゃんはやりたいことやるやろ？　触りたいもの触って、行きたい場所に行く。もちろんそこで痛い思いしたり、つらい経験をしたりするわな。でも、それこそが、人を一番成長させる道なんやで」

そしてガネーシャは言った。

「せやから昔の偉い人らは、みんな口をそろえてこう言うんやで。

『やりたいことを、やりなさい』」

ガネーシャの言葉にじっと耳を傾けていると、幸子さんが優しい声でつぶやいた。

「これから、全部生きますから」

幸子さんは言った。

「勤太郎さんが自分の才能に不安を持って悩んでいたことも、出口が見えなくて苦しんでいた日々も、全部、これからの仕事で生きてきますから」

そして幸子さんは僕に微笑みかけた。

「――勤太郎さん、覚えていますか？　会社を辞めたばかりのころ、私と最初に住み始めた家のこと」

僕は何度もうなずいた。

――会社を辞めたばかりのとき、生活費が不安だった僕はできるだけお金を節約しようと、今住んでいる部屋よりも狭くて家賃の安いアパートに住み始めた。

幸子さんが、思い出し笑いをして言った。

「そういえば、勤太郎さん、部屋の扇風機にベンツのマークつけてましたよね」

　僕も当時を思い出しながら笑った。あのときはエアコンがついていない部屋に住むことになったから、もし女の子が来るようなことがあったらどうしようと思い悩んで、「ウチはエアコンないけど、扇風機はベンツだから」っていう慰(なぐさ)みのギャグで乗り越えようとしたのだった。結局そんな機会に恵まれることはなく、夏が来るたびに扇風機の上についたベンツのエンブレムが、振動でカタカタと音を立てていただけだった。

　幸子さんは言った。

「私、あの扇風機大好きでした」

　この言葉を聞いたとき、扇風機の横に座って楽しそうにしている幸子さんを想像して胸がしめつけられた。

　それから幸子さんは「そういえば……」と思い出して言った。

「勤太郎さん、空気清浄器を拾ってきたことがありましたよね」

　僕は思わず吹き出してしまった。

「あった、あった。ゴミ置き場に落ちてたから持って帰ってきたんだけど、電源を入れても全然動かなくて。それで元の場所に戻しに行ったら、近所の人に『不法投棄だ』って怒られて、わざわざ粗大ゴミセンターに電話して、お金払うはめになったんだよね」

幸子さんは笑いながら言った。

「あと、近所の神社でフリーマーケットが開かれるからといって」

幸子さんの言葉をうなずきながら引き取った。

「あのときは本当にお金がなくて、本を売って生活費の足しにしようとしたんだけど、本棚にあったのが成功法則の本ばかりで、『無職の俺がこんな本売っても、全然説得力ないわ！』って一人でツッコんで笑ってた」

「あのとき――私も隣で爆笑してたんですよ」

こうして笑い合ったあと、幸子さんは言った。

「貧乏な生活は、勤太郎さんにとって――楽しかったですか？」

僕は当時を思い返しながら言った。

「うん。楽しかった」

――それは嘘偽り（うそ）のない、心からの言葉だった。

お金はなかったし、あったのは不安ばかりだったけど、それでも、僕にとってあの生活は、苦しさよりもむしろ楽しさの方が多かった。

幸子さんは、

「よかった」

と安心するように笑った。そして瞳をまっすぐ僕に向けて言った。

「勤太郎さんが貧乏な生活を楽しめたのは——その生活の中に、自分で喜びを作り出していたからです。エアコンのない生活でも、将来が見えない不安の中でも、勤太郎さんは、そこに楽しさを見出そうとしていました」

そして幸子さんは真っ白になった唇を震わせながら言った。

「お金で買える喜びはすべて——素敵な服も、おいしい料理も、優雅な部屋も、豪華な旅行も——他人が作ったものです。でも、どんなにつらい状況でも、それを楽しもうとする気持ちさえあれば、人は、自らの手で喜びを作り出すことができます。お金がなくても、人は幸せになることができるんです」

幸子さんは微笑んで言った。


「勤太郎さん、お金持ちになってもそのことを忘れないでくださいね」

そして幸子さんは目に涙を浮かべて言った。

「長い間、ありがとうございました。さようなら、勤太郎さん」

「待って、幸子さん！」

僕は急いで立ち上がると、机の脇に置いてあった鞄を持ってきた。そして鞄を開くと内ポケットをまさぐった。

そこに入っていたのは、幸子さんが何度も手に取って見ていた——100円ショップの白色のヘアピンだった。

「こ、これ、プレゼント」

僕は、こぼれ落ちそうになる涙をぬぐいながら、幸子さんの長い髪をヘアピンでとめた。

「今まで言えなかったけど、髪を上げた方が絶対可愛いと思う」

幸子さんは怒らなかった。体を震わせて、小さな声で「ありがとうございます」とつぶやいた。

髪を上げた幸子さんは本当にきれいだった。今まで見たどの女性よりもきれいだと思った。

——そして、そのときだった。

僕は、あることに気づいた。気づいてしまった。

今、ヘアピンで髪をとめて美しくなった幸子さんを見ているのは、幸子さんではなく、僕だ。

美しくなった幸子さんに感動しているのは、プレゼントをもらった幸子さんではなく、プレゼントを贈った僕なのだ。


相手へのプレゼントが、そのまま自分へのプレゼントになっている。

(そうか、これが幸子さんの教えだったんだ……)

幸子さんから教えられたことのすべてが、100円ショップの白色のヘアピンに表れていた。

そのヘアピンが、ゆがみ始めた。視界が涙でどんどん曇っていく。

僕は眼鏡を外して幸子さんを抱きしめた。冷たくて固くて氷のようになっている幸子さんの体を強く抱きしめて言った。

「僕は、幸せだった。貧乏だったし、まだ夢がかなったわけじゃないけど、幸子さんと一緒に過ごした八年間は幸せだった。本当だよ」

すると幸子さんは最後の力を振り絞るようにして言った。

「もちろんです」

そして優しく微笑んで言った。

「私は、金無幸子ですから。お金がない人を、幸せにする貧乏神なんです」

そして、幸子さんは静かに目を閉じた。

「幸子さん！」

僕は幸子さんの名前を呼んだ。涙に声を詰まらせながら、何度も名前を呼んだ。

でも、幸子さんからの反応はなかった。

——それからどれくらいの時間が経っただろう。

次に聞こえてきたのは、テレビ画面の中で司会者がゴッド・オブ・コントの優勝者を告げる声だった。

「本年度のゴッド・オブ・コント優勝者は——『デスマイル』！」

［ガネーシャの課題］

やりたいことをやる

［金無幸子の課題］

日常に楽しさを見出す

エピローグ

「勤ちゃん、どうする？」

テレビ局の会議室で、番組プロデューサーは企画書を手に持ったまま顔をこちらに向けた。

「やっぱり外しとく？　最近、彼の番組減っちゃってるしね。若い子からしたら誰？　って感じじゃないの」

議論されていたのは、今度立ち上げるバラエティ番組に、あるお笑い芸人をキャスティングするかどうかという問題だ。

忘れられない名前だった。僕に「芸人を辞めてサラリーマンに戻れ」と言った先輩芸人だ。

一瞬、嫌な考えが思い浮かんだが、僕は小さく息を吐いてからプロデューサーに向かって言った。

「起用しましょう」

僕は冷静な口調で続けた。

「彼はどんな状況でもオチを作る粘り強さがあるんですよね。テレビ慣れしていない出演者も多いので、この番組には必要だと思います」

僕の個人的な感情よりも大事なことがある。

それはもちろん、お客さんに喜んでもらうことだ。

プロデューサーは指をパチンと鳴らして言った。

「やっぱ勤ちゃん分かってる！」

そして企画書を机の上に放り投げると、得意げに語り出した。

「最近は数字取れそうなタレント出しとけばいいっていう風潮あるじゃない。でもドリームチーム作ったからって、それが良い番組になるとは限らないわけ。俺に言わせれば結局何が一番大事かっていうと……」

プロデューサーの話を少し遠くで聞きながら、僕は窓の外に視線を移した。

そこは一面高層ビルが立ち並んでいるオフィス街で、高いビルをさらに高くしようと工事をしている様子が見えた。そんな都心の当たり前の光景を眺めていると、一年前に起きたのは夢の中の出来事だったのではないかと思えてくる。

でも、こうして僕が構成作家としていくつもの番組に関われているのは、まぎれもなくあの不思議な出来事のおかげだった。
——ゴッド・オブ・コントで『デスマイル』が優勝すると、死神は忽然と姿を消した。神々の間で開かれていたリアル・ゴッド・オブ・コントが終わったので、その場にいる必要がなくなったのだろう。ただ、日本中に知れ渡ったお笑いコンビの相方が突然失踪するという事件は話題となり、ワイドショーやネットを日夜騒がせた。

　死神がいなくなって体調が回復していった松田は、取材のたびにこう答えた。

「今になって思うんですよね。あいつは本物の死神だったんじゃないかって——」

　こうして松田は通常のお笑い番組に加えて都市伝説の番組など活動の場を広げ、多くのレギュラー番組を持つ人気者になっていった。そして松田は、自分の出演する番組に構成作家として僕を指名してくれたのだ。

　優勝賞金の多くを借金返済に充てさせてもらったのに、ここまでしてもらうのは心苦しい部分もあったが、

「西野さんは命の恩人ですから」

　と言う松田に対して、

「だよな！」と開き直っておいた。

まあ、実際のところ松田は病気ではなく、コンビを組みたい死神が精気を吸い取ってそう思わせていただけだったようだが――受け取ることも大事なのだ。

また、最近では構成作家とは別の仕事も舞い込んできた。ゴッド・オブ・コントが終わってからインターネットで発表した小説が編集者の目にとまり、出版されることになったのだ。

その小説のあらすじは、長年芽が出ないお笑い芸人のもとに謎のおじさんがやってきてお笑いを指導し始めるのだが、そのおじさんが全然面白くないというもので、このおじさんのモデルはもちろん――ガネーシャだ。

ガネーシャと出会って経験したことを忘れないようにしたい。そんな思いもあって書き始めた小説だけど、予想以上に楽しい作業になった。アドリブを求められるお笑いの舞台とは違って、自分が納得いくまで直すことができるこの作業は僕の性格に向いていると思う。

こうしてガネーシャが去ったあと、僕は以前と違う新しい生活を歩み始めているのだけど、一つだけ変わらないことがある。それは――。

番組会議が終わると、僕はポケットから携帯電話を取り出した。

見ると、メールボックスに一件のメールが届いていた。

少し風邪気味なので、帰りに公園でよもぎを摘んできてもらってもいいですか
幸子

(本当に幸子さんは変わらないなぁ)

市販の薬ではなく、雑草で風邪を治そうとする幸子さんに吹き出しそうになりながら、僕は携帯電話をポケットにしまった。

――去年の十二月三一日、大みそかの夜。

幸子さんを失ってしまった悲しみに泣き崩れる僕の横で、ガネーシャは平然とタバコを吸いながら釈迦と会話をしていた。

「どうする?」

「そうですねぇ」

「やっぱり、神様辞めてもらうしかないんちゃうかなぁ」

「やはり、そういうことになりそうですね。このままだと生きていけませんからね」

（一体、何の話をしてるんだ？）

僕が涙をふきながらたずねると、ガネーシャはタバコの煙を吐き出しながら言った。

「いや、幸っちゃんこのままやと死んでまうやろ？」

ガネーシャが何を言っているのか、まったく分からなかった。

僕は眼鏡をかけて幸子さんを見た。

目を閉じて横たわっているその姿からは、命の存在を感じることはできなかった。

「だって……幸子さんはもう……」

再び涙が込み上げてきたが、ガネーシャは僕の肩を軽く叩いて言った。

「安心せえや。幸っちゃんは虫の息やけどまだ生きとるで。今、釈迦が力を使てくれてんねん」

「ど、どういうことですか？」

「あれ？　この話前にせえへんかったっけ？　釈迦は時間止めることができんねんで」

見ると、釈迦は親指を立ててウィンクしている。

（そ、そんなバカな……）

冗談を言っているとしか思えなかったが、顔を上げてテレビを見ると、ゴッド・オブ・コントで優勝した松田がガッツポーズを取ったまま静止していた。

それからガネーシャに言われて窓の外を見た僕は、

「ええ⁉」

驚きのあまりその場に立ちつくした。

視界に入るものはすべて——街行く人も、道路を走る車も——まるでフィギュアのように静止していたのだ。

しばらく呆然としてその光景を見つめていた僕は、あわてて身をひるがえしてガネーシャの前にひざまずいた。

「も、もしかして、幸子さんを助けることができるんですか⁉」

するとガネーシャは、フンと鼻を鳴らして言った。

「さっきからそう言うてるやん」

その言葉を聞くや否や、僕はガネーシャの身体をつかんで揺らしながら言った。

「お、お願いします！　幸子さんを助けてください！　お願いします！　お願いします！　お願いします！」

「ちょ、ちょっと落ち着きや……」

「僕にできることがあれば何でもしますから！　お願いします、ガネーシャ様！　幸子さんを助けてください！　お願いします！」

「せやから、落ち着けて！」

　興奮しすぎた僕は、いつのまにかガネーシャの首を両手で絞め上げていた。ガネーシャは僕の手を振り払って叫んだ。

「幸っちゃんより先にワシが死んでまうわ！」

　それからガネーシャは絞められた喉をさすりながら言った。

「あと、あんま期待すんなや。いかにワシが偉大な神やからちゅうて、一度死んだ神様を生き返らせることはできへんからな」

「ど、どういうことですか⁉　今、助けられるって言ったじゃないですか！」

　今度は本気でガネーシャの首を絞めようと手を伸ばしたが、ガネーシャは素早く身をかわして釈迦の後ろに隠れた。そして、釈迦を盾にしながら顔を少し出して話を続けた。

「とにかく落ち着いてワシの話聞けや。ええか？　ワシができるのは、神様を生き返らせることやなくて、神様を降格させることだけや」

「降格？　降格ってどういうことですか？」

するとガネーシャは「釈迦、タバコとって」と釈迦にタバコの箱を取らせると、一本取り出して火をつけながら言った。

「神が降格するちゅうことは――人間になるちゅうことや」
ニ、ニンゲン⁉
人間だって⁉

思いがけない言葉に頭が混乱した僕は何度もガネーシャに聞き返した。

そして、やっと言葉の意味を理解した僕は、その場で飛び上がりそうになった。

幸子さんが人間になるなんて――。

そんなの、最高じゃないか！

しかし、なぜかガネーシャは、

「でもなぁ」

と考え事をするように首をひねって言った。

「幸っちゃんを人間にしてもうてええんかなぁ」

「な、何か問題があるんですか⁉」

するとガネーシャは、ため息と一緒にタバコの煙を吐き出した。

「人間て色々面倒やろ？　昨日まで笑(わろ)てた思たら、今日は泣かなあかんかったり、やっと悩みから抜け出せた思たら、それが次の悩みの種になったり……幸っちゃん、ほんまに人間としてやっていけんのかいな。ワシやったら絶対無理やけどな」

「だ、大丈夫です！」

僕はとっさに叫んだ。

「僕が必ず幸子さんを幸せにしますから」

するとと釈迦が、

「ほほう」

と言って顔を近づけてきた。

「あなた、本当にそんなことができるんですか」

「も、もちろんです」

僕は何度も首を縦に振った。

しかし釈迦は僕を値踏みするような目で見つめて言った。

「もし、幸子さんが人間になったとしても心は今のままですよ。それでもあなたは幸せにできると言うんですか」

「は、はい」

僕がうなずくと、釈迦はさらに詰め寄ってきた。

「幸子さんは貧相な部屋がお気に入りですからね。一生、広い部屋には住めないかもしれませんよ」

「だ、大丈夫です」

「豪勢な食卓は期待できませんよ。お惣菜も閉店間際の五割引き、八割引きが当たり前になるでしょう。スーパーでもらってくるパンの耳が毎日食卓に並ぶことも考えられます」

「工夫次第でおいしく食べられると思います」

「外食に行くと言って、知らない人のお葬式に参列してお寿司を食べる日がくるかもしれません」

「遺族の方よりも悲しんでみせます」

「デート中、自動販売機を見つけたら二人でお釣り口に手を入れることになりますよ」

「今でもたまにやってます」

「お祝いの日には、プリンに醤油をかけて『ウニです』と言ってごまかしてきます」

「プリンもウニも大好物です」

「一年を通して、同じお茶っ葉でお茶を淹れることになりますよ」

「その飲み物は、もはや『お湯』やで！」

突然、ガネーシャが横から割り込んできた。さらにガネーシャは興奮して言った。

「長距離移動はヒッチハイクが基本やで！」

「無料のポケットティッシュだけが、ティッシュやで！」

「試食が主食やで！」

それから延々と二人から「この生活に耐えられるのか」という質問が続き、そのすべてに対して僕は「大丈夫です」と答え続けた。

そして、もう言うことがなくなったのか、

「どうします、ガネーシャ様？」

釈迦がガネーシャの耳元でささやいた。

しかし、ガネーシャは腕組みをしたまま「うーん」と唸っている。僕はガネーシャの前で両手を床について、真剣な表情で言った。

「お願いします。僕が必ず彼女を幸せにしますから。幸子さんを――助けてください」

しかしガネーシャはまだ迷っている様子だった。

「でも……幸っちゃんを……ほんまに……人間にしてもうて……」

最初は、ガネーシャの言葉がとぎれとぎれになっている理由は、決断を迷っているからだと思った。しかし、よくよく注意して聞いてみると、言葉と言葉の間に、何か小さな声でつぶやいているのが分かった。僕はもう一度耳を澄ましてガネーシャの言葉を聞いた。

「でも…あんみつ…幸っちゃんは…あんみつ…ほんまに…あんみつ…人間にしてもうて…あんみつ…」

（こ、こいつ、サブリミナル効果であんみつを要求してる――）

ガネーシャの強欲さにあきれ返ったが、僕はすぐに立ち上がると部屋を飛び出し、スーパーへと向かった。店員さんの動きは止まっていたので、あんみつのお金をレジの横に置いてそのまま部屋に戻った。ガネーシャがあんみつの封を開ける時間ももどかしかったので、自分で開けるとそのままガネーシャに手渡した。

「さすがはワシの元相方や。言葉にせんでも伝わるもんやね」

ガネーシャはわけの分からないことを言いながら、差し出されたあんみつに食らいついた。

　そして名残惜しむようにゆっくりとあんみつを味わうと、大きなゲップを一つして、爪楊枝で歯を掃除しながら言った。

「──これ、ハッキリさせときたいんやけど、ワシは別にあんみつもろたからとか、そういう理由で幸っちゃん助けるんとちゃうからな。ワシが幸っちゃん助けるんは、ワシが──このガネーシャ様が──愛に満ちあふれた神様やからや。せやから幸っちゃんが気ぃついて『あれ？　どうして私助かったの？』てたずねてきたら、ちゃんと言うといてや。『ガネーシャ様の愛だよ』てな。『ガネーシャ様は、相変わらず愛にあふれたラブ・ゴッドだったよ』『あんなに愛にあふれるようだと、今年の人気神様ランキング一位は間違いなくガネーシャ様で決まりだよ。まあ今年のっていうより今年もっていう表現の方が正しい……痛だだだだだ！」

　僕はガネーシャの腕をひねり上げて言った。

「早くしてもらえますか」

　するとガネーシャは言った。

「そ、それを待ってたんや。最後の最後、ええツッコミ決めてきたやないか。自分、ほんまに成長したなぁ。で、そんな自分を成長させたのは誰やったたっ……痛だだだだだ！」

　僕はさらにガネーシャの腕をひねり上げた。

「分かってるがな。ちゃんと助けるがな」

　ガネーシャは腕を痛そうにさすりながら言うと、首からぶら下げていたペンダントを手のひらの上に置いた。

　そのとき僕は思わず声を出した。

「あ、あの……」

　するとガネーシャは口をとがらせて言った。

「安心せえ。ホンマはちゃんと開くねんで。若干、カッチカチになってる部分はあるけど、ちゃんと開くんや」

　そしてガネーシャが手に力を込めようとしたときだった。

「違うんです」

　僕はガネーシャの動きを止めた。

　一刻も早く幸子さんを助けてもらいたいという気持ちはあった。でも、このときの僕には、もうこのままガネーシャと会えなくなるんじゃないか、そんな確信にも近い予感があった。そうなる前に、どうしてもガネーシャに聞いておきたいことがあったのだ。

「何や？」

顔を上げたガネーシャに向かって、僕は言った。

「あ、あの、どうして僕だったんでしょうか？　どうしてあなたは、僕を相方に選んだのですか？」

「なんや、そんなことか」ガネーシャは拍子抜けしたように言った。

「それはやな。ワシは自分の作ったネタが好きやったからや。そんだけやで」

「で、でも僕にはお笑いの才能がないって」

するとガネーシャは鼻で笑うように言った。

「自分らの言う才能て何や？　それは、たまたま今の時代に生きとるたくさんの人から認められたちゅうことやろ？　でも、ワシからしたら、そんなんめっちゃ小っさいことやねん」

そしてガネーシャは「このことは覚えとき」と穏やかな表情で言った。

「自分らは、たくさんの人を喜ばすことだけを『成功』て思てるみたいやけど、たった一人の人間をたくさん喜ばすんも『成功』なんやで」

そしてガネーシャは満足そうに言った。

「まあ、そういう意味では、自分は地球上のどのコメディアンよりも成功したちゅうことになるわな。なんちゅうても――このガネーシャ様を喜ばすことに成功したんやからな」

そう言うと、ガネーシャはゆっくりとペンダントを開いた。

ペンダントの隙間から強い光が飛び出した。その光は四方八方に広がっていき、僕はあまりの眩しさに目を閉じた。そして、次に僕が目を開けたとき、そこにはもう、ガネーシャと釈迦の姿はなく――幸子さん一人だけが横たわっていた。

「さ、幸子さん！」

僕は幸子さんに駆け寄って身体に触れた。

（ああ……）

氷のように冷たくなっていた肌に、はっきりとした温もりを感じる。

いつのまにか動き始めていたテレビの中では、死神が会場から姿を消したことで番組が大混乱に陥っていた。

「勤太郎さん……」

幸子さんはゆっくり目を開くと、自分の身体を不思議そうに眺めて言った。

「これは一体――」

僕は涙をふきながら言った。

「ガネーシャが……ガネーシャが幸子さんを助けてくれたんだよ」

「ガネーシャ様が……」

幸子さんの目尻からこぼれた涙が、頬を伝って流れ落ちた。

すると、そのときだった。

天井から——いや、天井よりも、もっと向こうの「天上」から、ブオッ！　という爆音とともに大きな声が響いてきた。


「さよオナラ」

そして、ぎゃははははぁ！　という笑い声が遠くの方へ消えていった。

*

最初のころは戸惑っていた幸子さんも、徐々に人間の身体に慣れていった。

ただ、釈迦が予言したとおり、貧乏神のときと性格はまったく変わっておらず、ご飯を食べるようになってからも、おかずなしのお米だけで食事を済まそうとしたり、デートは図書館や区の施設など、お金のかからない場所ばかりになった。自動販売機の前を通るときは「ちょっとよろしいですか？」と断りを入れてから釣り銭の返却口を確認することが多い。

そういえば、小説を書こうと思い立って幸子さんに相談したときも、

「小説ですか⁉　ぜひ書いてください！」

と目を輝かせて言ってくれたのだけど、あまりにも喜んでいるので理由を聞いてみたところ、こんな答えが返ってきた。

「だって、小説家ほど食べていけない仕事はないというじゃありませんか！　かの文豪、太宰治や芥川龍之介も借金をしていたんですよ！」

（この人の中で小説家はどういうポジションになっているんだ――）

幸子さんの反応にはあきれるばかりだったが、

「ヒットなんてしなくていいですから！　むしろヒットを狙わない方向でいきましょう。とにかく自分の書きたいものを、好き勝手に書いてください！」

そう言ってくれるので、僕は何の気兼ねもせずに自由に書くことができている。

また、思いついたアイデアや企画を幸子さんに話すこともあるのだけど、幸子さ

どんなに突拍子もなかったり、実現するのが難しいものであればあるほど「素敵です！」と目を輝かせてくれるから、常識に囚われないアイデアがどんどん出てくる。もし僕が将来、大きな挑戦をすることになったとしても、そのとき幸子さんは喜んで応援してくれるだろう。

そんなわけで、僕は幸子さんとの生活を心から楽しんでいるのだけど、ずっと頭の片隅に引っ掛かっていることがあった。それは、僕が釈迦との約束を――幸子さんを幸せにするという約束を果たせていないということだ。

幸子さんは相変わらずのプレゼント嫌いで、僕が幸子さんを喜ばせようとして買ってきたものも、それが高級なものであればあるほど「こんなことに使うお金があるのなら、もっと有意義なものに使ってください！」と怒られてしまう。

しかも、今日、幸子さんに渡す予定のプレゼントは、僕がこれまでの人生で買った中で一番高級なものなのだ。

（一体、どうなってしまうんだろう……）

幸子さんの反応を想像するだけで胃がキリキリと痛む。貧乏神の力を失ったとはいえ、かなり気合いの入った『貧多』や『貧乏掌』をお見舞いされることになるかもしれない。

でも、これから何が起きようとも、僕は、自分を止めることはできない。

だってこれは僕の「憧れ」なのだから。

今日から始まる彼女との新しい生活に、僕はずっと憧れてきたんだ。


「た、ただいま」

僕が緊張した声で玄関を開けると、部屋の奥から（とは言っても狭い部屋だから、すぐそこにいるのだけど）幸子さんが顔を出して、

「おかえりなさい」

と可愛らしい声で僕を迎え入れてくれた。

それから小さなクシャミをして幸子さんは言った。


「よもぎ、見つかりました？」

昔より短くなった幸子さんの髪は、今日も１００円の白色のヘアピンでとめられている。

「うん。持ってきたよ」

そう答えた僕は、震える手をポケットの中に忍ばせて、

よもぎの葉の中に隠した、婚約指輪を握りしめた。

西野勤太郎のメモ帳

【ガネーシャの教え】

図書館に行く

「仕事、お金、人間関係、幸せ……人間の悩みなんちゅうのはいつの時代も同じじゃ。そんで本ちゅうのは、これまで地球で生きてきた何億、何十億ちゅう数の人間の悩みを解決するためにずっと昔から作られてきてんねんで。その『本』でも解決できへん悩みちゅうのは何なん？　自分の悩みは地球初の、新種の悩みなん？　自分は悩みのガラパゴス諸島なん？」（P．68）

人の意見を聞いて直す

「自分、ワシと最初に会うたとき言うてたやろ。『僕には才能がない』て。せやったら、それを一番の強みにせえ。自分に才能がない思うんやったら、お客さんの意見聞いて、直して直して直して直して直しまくるんや。そしたら必ず天才を超えられる日が来るからな」（P．91）

「やっぱり人間ちゅうのは、追い込まれると思いもよらん力発揮するもんやなぁ。自分も、さっきの舞台の集中力すごかったやん」（P．138）

締切りをつくる

「失敗したことや、恥ずかしいこと、みじめな状況ちゅうのはできるだけ人に話して笑いにしてったらええねん。そしたら人目を恐れずに色んなことに挑戦できるし、自由に生きることができるんやで」（P．194）

失敗を笑い話にして人に話す

「まあ、人生で何を大事にするかは人それぞれや。でもなぁ……このガネーシャが目指すんは天下や！　どんだけ多くの屍（しかばね）踏み越えてでも、ワシはお笑いの天下を取るんや！」（P．229）

優先順位の一位を決める

「自分の知らへん場所は、思いもよらんかった色んな経験をさせてくれる。つまり、そこは自分が一番成長できる場所やねん。せやから、憧れる場所に飛び込んで、ぎょうさん経験して成長した人間が、自分にとって一番向いてることを見つけたとき——自分にとっても、お客さんにとっても、最高の状態を生み出すことができんねんで」（P．267）

やりたいことをやる

【金無幸子の教え】

「目の前の誘惑を我慢できない人というのは……『楽しみは、あとに取っておいた方が大きくなる』という経験をしたことがないのでしょう。たとえば——お金を使わずに貯金できる人は、我慢強い人というよりはむしろ、通帳にお金が貯まっていくのを見たり、そのお金で買えるものを想像したりする楽しさを知っている人なんだと思います。結局、人は楽しいことしか続けることができませんから」
（P．113）

楽しみをあとに取っておく訓練をする

「貧乏神の間に伝わる格言で『貧乏人にプレゼントをさせるな』というものがあります。プレゼントというのは自分でお金を出して相手を喜ばせようとする――仕事とは逆の行為です。でも、プレゼントをして相手を喜ばせる経験をすれば『自分以外の誰かを喜ばせることは楽しい』と感じられるようになるからです」
（P．117）

プレゼントをする

「『言葉』というのは、その人の一番最初の行動ですからね。私たち貧乏神は人間を見るときは言葉に注目するのです。貧乏神から嫌われるのは『他の人が気づいていない長所をホメる』という行動です。そういうホメ方をされてうれしくない人はいませんから」（P．154）

他の人が気づいていない長所をホメる

「多くの人が、お客さんというのは単純に『お金を払う人』だと思っていますが、それは違います。たとえばお金を払って食べ物を買ったとしても、店員さんに『ありがとう』とか『おいしかったです』とか声をかける人は、相手を喜ばせています。そうではなくて、『お金を払っているんだから喜ばせてもらって当然』と考えて偉そうな態度を取る人が『お客さん』なんです」（P．156）

店員を喜ばせる

「ハローワークのネタをしたとき勤太郎さんの心から不安が消えていったのは、『他人の不安を消してあげよう』としたからなんです。他人に対して『お金がなくても大丈夫だよ』と言ってあげることで、同時に、自分の中にある『お金がないと困る』という不安を消すことができるのです。だから、自分が困っているときに人を助けてあげられる人は、『困っている』という感情から抜け出すことができます。そして、そのとき人は――大きく変わります。当たり前のように、人を喜ばせることができるようになるのです」（P．212）

自分が困っているときに、困っている人を助ける

「自分の欲求を口に出すと、他人の欲求とぶつかります。いい人ではいられなくなります。でもそうやって欲求をぶつけながら、それでもお互いが喜べる道を見つけていくこと――それが、成功するための秘訣なのです」（P．253）

欲しいものを口に出す

「お金で買える喜びはすべて――素敵な服も、おいしい料理も、優雅な部屋も、豪華な旅行も――他人が作ったものです。でも、どんなにつらい状況でも、それを楽しもうとする気持ちさえあれば、人は、自らの手で喜びを作り出すことができます。

お金がなくても、人は幸せになることができるんです」（P．272）

日常に楽しさを見出す

【釈迦の教え】

「なぜ職を失うことが苦しいのか。それは、『自分だけが苦しんでいる』と考えるからだ。しかし、周りを見てみなさい。多くの者が職を失って苦悩している。そして、職を失った者だけではない。今、職を持っている者たちも、また同じように、いつか収入を失うかもしれないと怯え苦しんでいるのだ。苦しみを持たない人間はいない。そのことを決して忘れてはいけないよ」（P．159）

自分と同じ苦しみを持つ人を想像する

偉人索引・用語解説

チャップリン　Charles Spencer Chaplin（1889～1977）〈p. 17、53、89、231〉
イギリスの映画俳優・映画監督。バスター・キートン、ハロルド・ロイドと共に「世界の三大喜劇王」と称される。映画の主演・監督・脚本・音楽も自ら行うマルチな才能で世界的な大スターに。代表作に『モダン・タイムス』『独裁者』『ライムライト』など。ちなみに第一作『成功争ひ』での彼は、チョビヒゲではなく八の字ヒゲだった。

ぐりとぐら〈p. 19〉
双子の野ネズミを主人公とする人気絵本シリーズ。累計2000万部以上を発行。英語、フランス語を始め、10カ国以上で翻訳・出版されている。青のネズミがぐりで赤がぐらである。

レスリー・ニールセン　Leslie Nielsen（1926～2010）〈p. 24〉
カナダ出身の俳優。カナダ空軍を退役後、俳優の道を志し演劇学校で学ぶ。渡米後二枚目俳優としていくつかの映画に出演。ヒット作に恵まれなかったが、62歳の時に出演した『裸の銃を持つ男』でのとぼけた警部役が大当たり。以降、『裸の～』シリーズは第3作まで制作され、世界的に有名な喜劇役者となった。

アインシュタイン　Albert Einstein（1879～1955）〈p. 25、54、56〉
理論物理学者。ユダヤ人としてドイツに生まれる。$E=mc^2$という関係式であらわされる〝特殊相対性理論〟の提唱者として有名。1922年に来日し、アインシュタイン・フィーバーを巻き起こす。日本滞在中、友好的で共感の気持ちが強く、絆を大切にする国民性に触れた彼は、大の親日家になった。

チャールズ・ダーウィン Charles Robert Darwin（1809〜1882）〈p．25〉
イギリスの自然科学者。測量船ビーグル号での航海から自然選択説を思いつき、現代生物学の基盤となる進化論を提唱したことで知られる。自伝の中で、自分は決して天才ではなく、辛抱強さと勤勉さが自らの業績を作ったと語っている。

ミケランジェロ Michelangelo di Lodovico Buonarroti Simoni（1475〜1564）〈p．25〉
イタリアルネサンス期の彫刻家、画家、建築家。13歳で画家である師匠に弟子入りし、翌年名家メディチ家に召し抱えられる。以降、『ダヴィデ像』『システィーナ礼拝堂の天井画』など多くの芸術作品を世に残した。晩年、盲目となったが、自分の手の感覚だけを頼りに彫刻を作っていたという。

村上春樹 Haruki Murakami（1949〜）〈p．25〉
小説家、翻訳家。大学卒業後、ジャズ喫茶を経営する傍ら、毎晩キッチンテーブルで執筆し発表した『風の歌を聴け』が群像新人文学賞を受賞。1987年に発表した『ノルウェイの森』は上下巻で430万部を売り上げ、社会現象にまでなった。現在ノーベル文学賞に一番近い日本人作家と言われている。

アレキサンダー　Alexander the Great（紀元前356〜同323）〈p．42〉
古代ギリシャ（マケドニア）の王。日本ではアレキサンダー大王としてよく知られている。本文に出てくる、船を燃やし退路を断ったという話は、ガウガメラの戦いと呼ばれるペルシャ軍との戦闘から。数においてははるかに勝るペルシャ軍を打ち負かしたこの戦いは映画にもなっている。

エジソン　Thomas Alva Edison（1847〜1931）〈p．54、55〉
アメリカの発明家。1870年代、電話機、蓄音器、白熱電球、発電機など世の中を変える発明品を量産。発明王と呼ばれる。エジソンが亡くなった際、全米では午後10時に一斉に電気を消して彼の業績をたたえたという。

ナポレオン　Napoléon Bonaparte（1769〜1821）〈p．54、57〉
「吾輩の辞書に不可能という文字はない」で知られるフランスの軍人、政治家。フランス革命後の混沌とした国政状況下、26歳の若さで将軍になり、独裁政権を樹立。近代フランスの基礎を作り上げた。

ベートーベン　Ludwig van Beethoven（1770～1827）〈p．57〉
ドイツの作曲家。28歳の時より聴力を失い始め、進行する病状の中『ピアノソナタ第14番〝月光〟』『交響曲第5番〝運命〟』など世界的な作品を残す。また、スランプになると気分を変えるために手紙をしたためていたことでも知られ、絶不調の時期には1年間に150通もの手紙を書くほどの手紙魔であった。

パスカル　Blaise Pascal（1623～1662）〈p．58〉
「人間は考える葦である」という言葉で知られるフランスの哲学者、思想家、数学者、物理学者。上記の言葉は『パンセ』という書物に収録されている。『パンセ』はパスカルのネタ帳というべきもので、死後第三者によってまとめられ、現在も世界各国で版を重ね続けている。

ニール・アームストロング　Neil Alden Armstrong（1930～2012）〈p．58〉
アメリカの宇宙飛行士。1969年アポロ11号で月面着陸に成功。人類で最初に月面に降り立つ。その際に発した「これは一人の人間にとっては小さな一歩だが、人類にとっては偉大な飛躍だ」という有名なコメントは全世界人口の8分の1（約4億5000万人）が聞いていたとされる。

ガンジー　Mohandas Karamchand Gandhi（1869～1948）〈p．58〉
インドの独立運動家。「非暴力・非服従」をスローガンに、イギリスからの独立運動を指揮。アメリカのキング牧師や南アフリカのネルソン・マンデラなど、のちの民主運動家に大きな影響を与えた。

RPG（ロール・プレイング・ゲーム）〈p．61〉
主人公を操り様々な試練をクリアしていくゲームの総称。

藤山寛美 Kanbi Fujiyama（1927～1990）〈p．65〉
昭和を代表する喜劇役者。大阪の松竹新喜劇で「アホ役」という当たり役を得、人情と笑いが込められた泣き笑いの芝居で一世を風靡した。文中のエピソードに出てくる後輩芸人は落語家の月亭八方。寛美に一〇〇〇万円をポン、と出された八方だったが「恐れ多い」と辞退したとのこと。

ガラパゴス諸島〈p．68〉
南米エクアドルの西に位置する諸島。ガラパゴスゾウガメのように、各大陸と隔絶された環境から独自の進化を遂げた生物が多い。ダーウィンがビーグル号の航海で訪れ、進化論の着想を得たことでも有名。

自己破産〈p．74〉
借主が貸主に対してどうしても債務を返済できない場合、最後の手段として、生活に最低限必要な物を除いた財産を失う代わりに債務を免除してもらう手続きのこと。よく誤解されがちだが、自己破産をしても、戸籍や住民票に記載されることはなく、自己破産後に取得した収入は自由に所有することができる。

特定調停〈p．75〉
簡易裁判所が借主と貸主の間に立って、返済条件を軽くするなどの調停を行う制度。借金の返済をより円滑に進め、かつ借主がより早く経済的に立ち直れるように支援する。申請の費用が数百円程度と安く、今後の返済見込みがあるなど一定の条件を満たせば差し押さえなどの強制執行を止めることもできる。

アマゾン amazon.co.jp〈p．82〉
日本法人アマゾン株式会社が運営する、国内最大手の通販サイト。

めぞん一刻〈p．86〉
高橋留美子によるラブコメディ漫画。しがない浪人生（のちに大学生）五代裕作と彼が暮らすアパート「一刻館」の管理人・音無響子のじれったい恋模様が多くのファンを魅了した。１９８０年から7年間にわたり『ビッグコミックスピリッツ』（小学館）誌上で連載。単行本は全15巻。

手塚治虫　Osamu Tezuka（１９２８～１９８９）〈p．93〉
日本の漫画家。『鉄腕アトム』『ブラック・ジャック』などその後のマンガ家に大きな影響を与える作品を残し、マンガの神様と讃えられている。

こちら葛飾区亀有公園前派出所〈p．94〉
秋本治によるギャグ漫画。通称〝こち亀〟。１９７６年より週刊少年ジャンプで掲載され、２０１６年に連載が完結した。連載期間40年、コミックス２００巻は、ギネスブックの少年漫画最長記録である。

コストパフォーマンス〈p．１０７〉
コスパ、ＣＰなどと略される。費用対効果のこと。

ロミロミ〈p．１２２〉
近年日本でも話題のハワイアン式マッサージ。ロミはハワイ語で「もむ」という意味。

ＤＦＳ〈p．１２２〉
免税店のこと。お土産からブランド品までお得な値段で買うことができる。ハワイではワイキキにある。

藤子・F・不二雄　Fujiko "F" Fujio（1933〜1996）〈p．138〉
漫画家。本名・藤本弘。相方の安孫子素雄と「藤子不二雄」の合作ペンネームで作品を発表。自身の代表作に『ドラえもん』『キテレツ大百科』『パーマン』など。締切りの朝にひらめいたドラえもんのアイデア。その体型は長女の持っていた〝起き上がりこぼし人形〟を、その日の朝に焦ってバタバタしていた本人が踏んづけたことがヒントになっている。

スティーブ・ジョブズ　Steven Paul Jobs（1955〜2011）〈p．169〉
世界的コンピューターメーカー「アップル」の創業者の一人。「iPhone」「iPad」の生みの親であり、業界に革命をもたらしたことで知られる。2005年、スタンフォード大学で行った「ハングリーであり続けろ、バカであり続けろ」という名スピーチはYouTube上で1500万回以上も再生されている。

チャーチル　Sir Winston Leonard Spencer-Churchill（1874〜1965）〈p．193〉
第二次世界大戦時の英国首相。作家としての評価も高く、大戦時の回顧録でノーベル文学賞を受賞。また、競馬好きで馬主としても知られ、「ダービー馬のオーナーになることは一国の宰相になるより難しい」というウィットに富んだ言葉も残している。

メイド喫茶〈p．198〉
女性店員がメイドのコスプレで接客をする喫茶店のこと。東京の秋葉原がその発祥とされている。入店時には「いらっしゃいませ、ご主人様」とあいさつするのが決まりとなっている。人気のサービスとして、メイドさんが「オムライスにケチャップでイラストや萌えメッセージを書く」などがある。

上杉謙信〈1530～1578〉〈p．229〉
戦国大名の一人。越後国（現在の新潟県）の守護大名として越後の虎の異名をとる。宿命のライバル、武田信玄との逸話は多く、「敵に塩を送る」ということわざの語源になったエピソードは多くの日本人に知られている。

ナニワ金融道〈p．244〉
青木雄二による漫画。大阪の消費者金融を舞台に金がものを言う人間社会の表裏が描かれる。アクの強い独特の絵柄で人気を博し、数々の漫画賞を受賞。

闇金ウシジマくん〈p．244〉
真鍋昌平による漫画。法律違反の暴利で金を貸す闇金業者・丑嶋を核にして、金に取り憑かれた人間の悲哀がシリアスさと笑いを織り交ぜながら描かれる。

フロー理論〈p．256〉
アメリカの心理学者・チクセントミハイによって提唱された理論。人が仕事や遊びにかかわらず何かに没頭している状態を〝フロー〟という。フロー状態にいる場合、実力以上の力を発揮することがある。その要因として、強制された仕事ではなく、自分が心からやりたいと思っていることをしているというのが挙げられるが、スポーツにおける〝ゾーンに入る〟という状態もほぼ同様の現象と考えられている。

黒澤明（1910～1998）〈p．265〉
日本の映画監督。代表作に『七人の侍』『羅生門』『用心棒』など。旧制中学を卒業後、画家を志し美術学校（現在の東京藝術大学）を受験し失敗。その後も画家に師事するも夢半ばで挫折。26歳で映画の世界に飛び込み、下積みを経て33歳で監督デビュー。その後の活躍は周知の通り。ジョージ・ルーカスやクリント・イーストウッドなど多くの海外の映画監督にも影響を与えている数少ない日本人である。

ジャイアント馬場（1938～1999）〈p．266〉
日本のプロレスラー。新潟県三条高校野球部時代にスカウトされ読売巨人軍に入団。将来を嘱望されたが、宿舎の風呂場で転倒し腕を痛め、それが原因で現役を引退。引退後日本プロレス入りし、力道山に師事。その後、力道山の後継者として頭角を現し、アントニオ猪木とともに日本のプロレス界を盛り上げた。

オードリー・ヘップバーン　Audrey Hepburn（１９２９〜１９９３）〈p．２６６〉
イギリスの女優。少女時代からバレリーナを目指していたが才能の限界を感じ、その後女優に転身。端役をこなし家計を支えていたが、『ローマの休日』で主演に抜擢され大ブレイク。晩年はユニセフの親善大使に就任し、世界の恵まれない子どもたちのために尽力した。

アンデルセン　Hans Christian Andersen（１８０５〜１８７５）〈p．２６６〉
デンマークの童話作家。15歳よりオペラ歌手やバレエダンサーを目指すも芽が出ず、自身の作る劇作や戯曲なども認められずに失意の日々を送る。30歳の時に出版した最初の小説『即興詩人』がヨーロッパで話題に。次いで出した童話集で名声を確立し、亡くなるまでに多くのおとぎ話を発表し続けた。代表作に『人魚姫』『マッチ売りの少女』『親指姫』など。

カーネル・サンダース　Harland David Sanders（１８９０〜１９８０）〈p．２６６〉
ケンタッキーフライドチキン（ＫＦＣ）の創業者。日本ではケンタッキーおじさんとしてよく知られている。ＫＦＣの前身である「サンダースカフェ」を開くまでに40種以上の職を経験。「サンダースカフェ」の開店のいきさつは前作『夢をかなえるゾウ』に詳しい。

クリスチャン・ディオール　Christian Dior（１９０５〜１９５７）〈p．２６６〉
フランスのファッションデザイナー。両親の要望もあり、もともとは外交官を目指し、パリの政治学院で学んだが、芸術への夢が捨てきれず30代になってクチュールデザイナーに弟子入り。その後、41歳で初めて自分の店を持つ。その華麗さと神秘さを兼ね備えたデザインは世の多くの女性を魅了した。

エイブラハム・リンカーン　Abraham Lincoln（１８０９〜１８６５）〈p．２６６〉
第16代アメリカ合衆国大統領。開拓農民の息子として生まれた彼は、若くして雑貨屋や製材所、製粉所、郵便局の局長、さらには測量士などを経験しながら勉学に努め、37歳で国政に参加、51歳で大統領に就任して南北戦争を指揮。奴隷解放の父と謳われた。

ダンデミス　dandemis（不明）〈p．２６７〉
作中で出てきた名言「人の幸福を羨んではいけない。なぜならあなたは彼の密かな悲しみを知らないのだから」で知られる人物。どこの国の人間かということも含め、その素性は明らかになっていない。

よもぎ〈p．２８１〉
日本全国に自生しているキク科の多年草。煎じたものは風邪や貧血などに効果があるとされる。

太宰治（１９０９～１９４８）〈p．２９５〉
『走れメロス』『人間失格』『斜陽』などで知られる日本の小説家。『走れメロス』は借金癖のあった太宰が、入り浸って宿賃のたまった熱海の旅館に友人の作家を人質に置いて、文壇の師匠である東京の井伏鱒二に無心をしに行ったことが創作の原点とされているとか。ちなみにその時、太宰は熱海には戻っていない。

芥川龍之介（１８９２～１９２７）〈p．２９５〉
『羅生門』『蜘蛛の糸』『鼻』などで知られる日本の小説家。その死後、親友だった文藝春秋社主の菊池寛によって設けられた『芥川賞』は１５０回近くを数えた今なお日本純文学賞における最高権威である。その自殺の原因については諸説あるが、義兄の残した借金返済のためのオーバーワークと言われている。